À L'ENCRE DE NOS CHOIX
& À L'ENCRE DE L'ESPOIR

CARRIE ANN RYAN

À l'encre de nos choix

Une romance Montgomery Ink
Tome 7.5
Carrie Ann Ryan

Ce n'était pas qu'Ashlynn avait envie de lui... elle en avait désespérément besoin. C'était sa première erreur, mais pas la dernière. Aujourd'hui, elle est maîtresse de sa vie et de ses décisions. Elle n'a pas de temps pour cet homme barbu et tatoué. Mais il pourrait bien se faire désirer.

Pour Jax, ce n'était qu'une histoire d'un soir, mais à présent, il en veut plus. Cette femme en tailleur collet monté est aux antipodes de sa vie tout en jean et en cuir, ce qui ne fait que renforcer son désir. Elle est tellement plus que cela. Mais à quel point ? Il va devoir le découvrir.

Chapitre Un

L'ÉPUISEMENT ÉCRASAIT le corps d'Ashlynn Kelly, mais elle l'ignora, le repoussant au plus profond d'elle-même où il resterait jusqu'à ce que la jeune femme prenne le temps de s'en occuper. Tout comme elle négligeait le fait que son pied était devenu insensible environ deux heures plus tôt dans ses talons aiguilles à semelle rouge, et son dos assez douloureux au point qu'il faudrait au moins un massage de trois heures pour le dénouer. Bien sûr, lorsqu'elle prendrait rendez-vous avec son masseur, elle aurait besoin d'encore plus d'heures, et elle aurait déjà usé une autre paire de chaussures.

Mais elle avait conclu cette affaire.

Rien ne pourrait lui enlever ça.

Pas même les ampoules sur ses orteils, une ou deux tempes palpitantes, ni l'air lourd et étouffant d'Atlanta.

Elle avait passé sa vie à travailler d'innombrables heures et à dormir que brièvement, tout en devant gérer des hommes condescendants en costumes cravate. Des mecs qui voyageaient le lundi pour se rendre à des séminaires de travail hors de la ville, tout en riant trop fort et en regardant les jambes d'Ashlynn plutôt que son visage, avant de reprendre l'avion le vendredi soir pour la reluquer davantage. Elle les avait supportés pendant *ses* réunions, lorsqu'ils l'appelaient « chérie » et leur avait lancé son regard glacial breveté quand ils lui donnaient leur commande de café avant chaque conférence ou jury au lieu de la traiter comme une égale. Elle avait obtenu son master en ayant deux jobs en parallèle et devait faire face à des hommes qui ne l'admiraient que pour ses miches (c'était leur mot, pas le sien) et non pour son cerveau.

Désormais, elle était la directrice financière d'une entreprise de la liste des *Forbes 500* et elle déchirait sincèrement tout.

Du moins, cette semaine.

Donc oui, ses pieds étaient douloureux et elle avait une migraine infernale, mais aucun homme médiocre avec un immense ego n'était là pour l'emmerder. Seulement, elle avait le sentiment que dès qu'elle entrerait dans le lobby de l'hôtel, elle serait entourée par ces vantards en costumes et cravates lâches. Elle était restée au centre de conférence de l'autre côté de la rue la majeure partie de la journée et au lieu de marcher deux kilomètres de plus pour utiliser le pont couvert reliant les deux bâtiments, elle avait opté pour aller à l'extérieur et respirer un peu d'air frais pour ce qui semblait être la première fois depuis des semaines.

Entre les réunions, les jurys, les déjeuners sur site et les dîners qui, curieusement, n'avaient eu lieu que dans le restaurant de l'hôtel, elle avait passé toute la semaine à inhaler l'air de l'hôtel et de la salle de conférence.

Une fois que le feu piéton passa au vert, Ashlynn prit une profonde inspiration et faillit s'étouffer. Le temps était un peu trop humide à ce moment-là pour respirer de cette façon et elle savait que les couches de cheveux les plus proches de son crâne commençaient à friser. C'était la raison pour laquelle elle passait la plus grande partie de ses journées à l'intérieur plutôt que dehors. Sa gorge était peut-être sèche et sa peau avait sérieusement besoin d'une crème à cause de l'air âcre de l'hôtel, mais ses cheveux et son maquillage étaient restés en place pour les dix heures nécessaires de cette journée.

Néanmoins, à cet instant, elle se fichait totalement de savoir à quoi elle ressemblait. Elle avait conclu une affaire, elle avait mis le nom de l'entreprise entre les mains de certains invités à cet événement qui ne le connaissait pas, et elle avait même impressionné les bons vieux gars qui la prenaient pour une strip-teaseuse plutôt qu'une rivale potentielle.

Petits crétins avec leurs minuscules pénis dans leur costume, pensa-t-elle. Ils ne la voyaient jamais venir jusqu'à ce qu'il soit bien trop tard et qu'elle les écrase, les menant également par le bout du nez pour faire bonne mesure.

Ashlynn était vraiment douée dans ce qu'elle faisait et quand elle rentrerait, elle ouvrirait une bouteille de vin pour fêter ça.

Toute seule.

Parce que ce n'était pas comme si elle avait le temps, dernièrement, de sortir et de rencontrer quelqu'un, encore moins d'apprendre à connaître suffisamment cette personne pour la faire entrer dans sa vie de cette façon. Elle ne s'était pas envoyée en l'air depuis des mois, mais ce n'était pas grave. Elle avait sa main et une jolie sélection de vibromasseurs, dont l'un qui soufflait directement sur son clitoris et la poussait à jouir en moins de cinq secondes. Elle n'avait pas besoin d'un homme.

Même si une nuit torride sans engagements pourrait être sympa un jour. Juste du sexe qui ne veut rien dire, contre une porte, avec un mec qui aimerait la dévorer jusqu'à ce qu'elle jouisse encore et encore, avant de la baiser violemment sur le matelas pour que son orgasme se déverse sur elle. Juste du sexe explicite, sale, perturbant, où tous les coups étaient permis.

Ashlynn déglutit difficilement. *Oui, ça, ce serait sympa.*

Non pas qu'elle pourrait vivre cette expérience dans son hôtel, à ce moment-là, puisqu'elle connaissait probablement la moitié des hommes au bar. Cela signifiait qu'elle devait rester professionnelle et froide. Elle devrait donc utiliser le pommeau de douche dans sa chambre d'hôtel lorsqu'elle retrouverait sa chambre. Il était hors de question qu'elle couche avec quelqu'un qui faisait son métier, pas quand cela pourrait lui porter préjudice. Dieu interdisait qu'une femme ait envie de s'envoyer en l'air sans qu'elle soit qualifiée de traînée. Le reste de ses collègues n'auraient aucun problème avec ça, puisqu'ils étaient tous des hommes, mais pas elle. Elle devait demeurer correcte à cause des doubles standards qui existaient encore, peu importait le nombre de manifestations auxquelles elle assistait, ou combien elle essayait de briser le plafond de verre, du moins pour l'instant, bon sang.

Ce n'était pas non plus comme si elle était l'unique personne de sexe féminin à son poste. Son entreprise avait plus de femmes qu'auparavant (grâce à elle), mais elle était la seule à cette conférence en particulier, comme c'était son projet qui était dans la balance. Ashlynn ne connaissait pas si bien que ça les autres dames présentes cette semaine, puisqu'elles n'avaient pas été dans ses jurys, ayant leur propre travail à effectuer, donc elle était plus ou moins seule. Et bien que cela lui convienne la plupart du temps, ce soir-là, la solitude lui pesait.

Ashlynn secoua la tête en avançant sur le trottoir qui séparait les deux grandes rues qu'elle devait traverser pour retourner à son hôtel. Les feux piétons étaient si courts qu'il lui fallut patienter par deux fois pour rejoindre l'autre côté, même avec sa capacité à marcher en talons.

Tapant du pied, elle regarda la circulation autour d'elle et essaya de ne pas passer d'un pied sur l'autre. Ils étaient *douloureux*. Peut-être qu'elle n'avait pas besoin d'ébats torrides, un massage de la voûte plantaire pourrait être suffisant. Tristement, elle savait par expérience que s'en faire un elle-même n'était pas vraiment la même chose, tout comme les orgasmes, mais elle ne voulait pas y songer.

La main rouge disparut et le petit bonhomme s'éclaira en vert, donc elle regarda des deux côtés (puisque les gens étaient des idiots en conduisant, peu importait l'État dans lequel on se trouvait) et se lança sur le passage piéton. Elle avait presque atteint l'hôtel quand des lumières vives se braquèrent sur elle. Elle fit alors la seule chose qu'elle avait juré de ne jamais faire dans une situation intense, quelque chose qu'elle n'avait jamais fait auparavant.

Elle se figea.

De grandes mains s'enroulèrent autour de sa taille et l'attirèrent sur le côté de la route. Son orteil se prit dans le rebord du trottoir. Dans un souffle, elle se retrouva contre le torse solide d'un homme, une main immense sur sa taille, l'autre sur sa tête comme pour la protéger, même si c'était elle qui lui était tombée dessus.

— Tu vas bien, princésse ? gronda l'homme.

Oui. Il gronda. Elle perçut la vibration de sa voix rauque sous ses doigts. Elle cligna des yeux en le regardant, l'adrénaline se déversant dans son système, ce qui l'empêchait de reprendre sa respiration. Le mec sous elle portait un tee-shirt avec un logo devant et d'après ce qu'elle pouvait sentir entre ses jambes, il avait également un jean. Ses cheveux étaient un poil trop longs et sa barbe était négligée et pourtant étrangement sexy. Était-ce un tatouage qu'elle apercevait ? *Oh, bon sang.*

Peut-être qu'elle s'était cogné la tête en tombant.

— Princesse ?

— Ne m'appelle pas princesse.

Ce n'était pas le remerciement qu'elle avait prévu, mais visiblement, elle n'avait pas les idées claires.

Il lui lança un sourire narquois, néanmoins il ne ressemblait pas à celui que les hommes en costume lui adressaient habituellement. À la place, ce sourire lui réchauffa l'intérieur des cuisses et elle le détestait vraiment pour ça.

— Si tu peux m'agresser, c'est que tu dois aller bien. Tu veux que je t'aide à te relever ou tu préfères rester étalée comme ça, dehors ? Ça ne me dérange pas, puisqu'avoir une nana sexy au-dessus de moi est difficilement un calvaire, mais je suis presque sûr qu'il y a un caillou dans mon dos qui s'enfonce dans ma colonne vertébrale et qui me fera probablement mal demain matin.

Ashlynn se redressa précipitamment, consciente qu'elle ne se hâtait jamais, normalement. Elle était bien trop soignée pour ça, mais elle se disait qu'être à deux doigts de se faire renverser par une voiture pouvait provoquer ça chez n'importe quelle femme. L'homme posa une main sur sa hanche quand ils se relevèrent, et elle fit un pas sur le côté, ayant besoin de son espace personnel. Il lui avait peut-être sauvé la vie, mais elle ne le connaissait pas, et pour une raison quelconque, son instinct lui criait *danger*. Ce n'était pas à cause de son allure, puisque les hommes menaçants pouvaient tout aussi bien porter un costume qu'arborer des tatouages, mais elle pouvait tout de même sentir quelque chose qui lui disait de s'en aller sans jamais regarder derrière elle.

— Merci de m'avoir dégagé du chemin, déclara-t-elle sévèrement. Je n'aurais pas dû me figer de cette façon.

Elle était *tellement* en colère contre elle-même parce qu'elle n'avait pas réussi à réagir assez vite.

L'homme en face d'elle fronça les sourcils.

— Inutile de me remercier, princesse. Et tu ne t'es pas bloquée. Pas vraiment. Tout est arrivé si rapidement, je suis presque sûr que tu aurais pu te sauver toute seule. Je t'ai juste aidé puisque ce salaud ne s'est même pas arrêté après avoir grillé le feu rouge.

Il haussa les épaules et plongea les mains dans ses poches.

— Bref, je serais toi, je vérifierais quand même si je n'ai pas de bleus.

Il cligna des paupières quand elle plissa les yeux en le toisant.

—Je ne dis pas que *je* devrais vérifier si tu en as, même si je ne refuserais pas de le faire puisque tu es sacrément sexy, là, avec ton regard noir. Je voulais dire que *tu* devrais t'examiner, ou ton médecin, ou quelqu'un. Tu préfères que je te raccompagne jusqu'à ton hôtel, juste pour être sûr ?

Elle secoua la tête.

—Je vais bien, mais merci encore.

— Pas de problème. Fais quand même attention aux voitures rebelles.

Il hocha la tête et repartit vers l'hôtel derrière eux. *Son* hôtel.

C'était une trop grande coïncidence pour

qu'elle continue de jouer le rôle de femme glaciale qu'elle avait perfectionné.

— Tu as une chambre ici ? demanda-t-elle alors qu'il lui tournait le dos.

Il fit volte-face et haussa un sourcil sexy. Qui savait que les sourcils pouvaient être sexy ?

— Oui. Et toi ?

Elle acquiesça et se lécha les lèvres. Cela devait être l'adrénaline qui lui donnait envie de dire ce qu'elle s'apprêtait à déclarer. Mais on ne tombait pas tous les jours sur un homme sacrément sexy au milieu du trottoir.

— Je peux te payer un verre ? demanda-t-elle. Pour te remercier.

Ses tétons durcirent. L'adrénaline. Cela devait être l'adrénaline.

Il croisa son regard avant de lui lancer un large sourire, non pas celui qu'il lui avait déjà adressé d'un air narquois, mais un sourire plus brillant entouré par une grande barbe. Il alla encore une fois directement au centre de ses cuisses et lui fit faiblir les genoux.

— Je m'appelle Jax, princesse, et je pense qu'un verre serait parfait.

— Ashlynn. Je m'appelle Ashlynn.

Et je m'apprête à faire la chose la plus imprudente que j'ai jamais faite de ma vie.

JAX APPUYA son dos contre la porte d'hôtel et elle gémit dans sa bouche, incapable de se lasser de lui. Il avait le goût de la bière qu'elle lui avait payée au bar de l'hôtel, même si elle ne se souvenait pas de ce qu'elle-même avait commandé. Elle avait ignoré les regards flagrants et continuerait de le faire à partir de maintenant si quelqu'un l'embêtait avec ça.

L'homme qui lui léchait actuellement l'oreille et mordillait son lobe n'était pas un de ces confrères. Il était juste *à elle*. Uniquement pour cette nuit. Et c'était exactement ce qu'elle voulait.

Sa barbe n'était pas aussi rêche qu'elle l'aurait cru. Au lieu de ça, elle était douce et glissait sur sa peau d'une façon délicieuse qui la poussait à imaginer ce qu'elle ressentirait lorsqu'il la dévorerait.

Pas *si*. Mais *quand*.

Parce qu'elle savait très bien que cette langue talentueuse finirait entre ses cuisses ce soir. C'était acquis.

— Bon sang, princesse, tu sais embrasser, souffla Jax en lui léchant le cou.

Sérieusement, cet homme avait une langue talentueuse.

— Appelle-moi Ashlynn, haleta-t-elle.

Elle glissa ses mains sous son tee-shirt pour sentir la chaleur de la peau du mec au bout de ses doigts.

—Je ne suis pas une princesse.

Il prit son visage en coupe et l'embrassa férocement, sa langue glissant en elle dans une caresse érotique.

— Mais tu ressembles à une version brune de cette femme glaciale dans le film dont je ne chanterai pas la chanson, sinon elle va rester dans nos têtes pour les six prochains mois.

Et voilà que maintenant, elle savait qu'elle la fredonnerait pendant des mois. *Merci, Jax.*

Elle haussa un sourcil alors même que ses yeux roulaient à l'arrière de leurs orbites quand il suçota l'endroit où son épaule rencontrait son cou.

— C'était une *reine* de dessin animé. Je ne lui ressemble pas.

Il l'embrassa violemment sur les lèvres.

— Tu as ces yeux. Et cette attitude.

— Appelle-moi Ashlynn si tu veux terminer ce qu'on a commencé. Parce que je ne vais pas être une femme quelconque pour la soirée. Demain, quand on se séparera et qu'on ne se verra plus jamais, tu peux me prendre comme une princesse autant que tu le souhaites. Mais ce soir ? Ce soir, je suis Ashlynn. Compris ?

Jax sourit, cette fois, et c'était un nouveau sourire pour elle. Il avait tant d'expressions et elle venait juste de rencontrer cet homme.

— Je peux le faire, *Ashlynn*. Tant que j'ai le droit de te sucer les tétons qui m'appellent depuis qu'ils se sont retrouvés appuyés contre mon torse, et tant que je peux goûter ta chatte qui m'a trempé les cuisses depuis que tu m'as chevauché. Ça te semble un bon plan ?

Elle déglutit difficilement, son clitoris palpitant en réponse à ses mots. Pas besoin d'être embarrassée quand elle voyait l'excitation de l'homme autant qu'elle sentait la sienne.

— Tant que tu me prends aussi. Parce que je vais avoir besoin de ta queue en moi.

Elle tendit la main entre eux et s'agrippa à la longue ligne sous son jean.

— Ça te semble un bon plan ?

Il grogna d'une voix rauque au fond de sa gorge et elle s'empêcha à peine de serrer les cuisses pour soulager la douleur.

— On porte beaucoup trop de vêtements

pour ça.

Puis il se cramponna à sa nuque et tira sa tête en arrière afin de lui dévorer la bouche.

Ils arrachèrent leurs fringues l'un de l'autre, les déchirant pratiquement à leurs corps. Il n'y avait aucune finesse, aucune tentation. Tout leur désir se déversait alors qu'ils apprenaient à se connaître.

Ashlynn tendit la main entre eux et enroula ses doigts autour de sa longueur rigide. Bien sûr, puisque tout ça devait être un rêve, elle n'arrivait pas à entourer entièrement sa base.

Meilleur. Fantasme. Du. Monde.

— Nom de Dieu, Ash, gronda Jax. Tu vas me faire jouir avant même que je puisse te goûter. Et crois-moi, j'ai besoin de te goûter.

Il posa une main au-dessus de la sienne et serra en grognant, avant de se retirer.

— Sur le dos, Ash. J'ai besoin de toi.

— Ashlynn. Je m'appelle Ashlynn.

Elle ne raccourcissait jamais son nom, ne voulant pas prendre le mot anglais d'une pile de braises brûlées, les restes d'une femme qu'elle avait un jour été.

Il l'embrassa à nouveau, et elle faillit oublier son nom, tout simplement.

— Tu es mon Ash. Mon Ashlynn. Juste pour ce soir, tu te souviens.

Il lui fit un clin d'œil.

— Je promets de te respecter demain matin.

Elle rit de sa plaisanterie avant de laisser échapper une petite exclamation quand il la jeta sur le lit derrière eux. Avant qu'elle puisse froncer les sourcils parce qu'il l'avait balancé comme un sac à patates, elle cria son nom lorsqu'il plongea son visage entre ses cuisses.

— Nom de Dieu, haleta-t-elle.

Il lécha son clitoris, la barbe éraflant sa peau d'une telle façon qu'elle faillit avoir un orgasme dans un bonheur suprême. Il suçota et lécha jusqu'à ce qu'elle se cambre contre lui, jouissant au point de ne plus avoir d'air dans les poumons pour hurler son nom.

Ses tétons étaient douloureux et sa poitrine, lourde. Elle pinça donc paresseusement le bourgeon entre ses doigts, ayant toujours besoin d'être soulagée pendant que Jax la léchait jusqu'à l'orgasme.

— Ils sont à moi pour la nuit, Ash.

Elle cligna des yeux vers lui, dans un brouillard, et il se pencha vers elle pour suçoter son téton.

— Bon sang, souffla-t-elle.

Il glissa contre elle, sa barbe éraflant sa peau plus que sensible.

— Tu es tellement bonne, je vais adorer baiser ta chatte serrée ce soir. Ça ne te dérange pas ?

Il embrassa sa poitrine, puis croisa son regard.

— Parce qu'on peut arrêter, si tu veux. Tu n'as qu'à le dire et je partirai d'ici sans un mot, si c'est trop pour toi.

Pour une curieuse raison, l'attention dans ses paroles faillit l'étouffer et elle se détestait pour ça. Il ne s'agissait que d'ébats insignifiants, et cela ne lui ferait pas de mal de s'en souvenir.

— Merci de t'inquiéter, mais je vois une queue *très* épaisse et dure devant moi, qui doit se retrouver en moi. Alors, si tu ne fais pas le boulot, je vais tout bonnement utiliser mes doigts et tu vas avoir mal. Qu'est-ce que tu en penses ?

Sachant qu'elle parlait comme une pétasse, elle ajouta :

— En plus, je dois te rendre la faveur, Jax. Je te désire. Maintenant. Juste toi et moi pour une nuit, tu te souviens ?

Il se pencha et l'embrassa si doucement qu'il effleura simplement ses lèvres.

— Je m'en souviens. Je vérifie juste, Ashlynn. Je n'ai pas envie de te faire de mal.

— Tu ne peux pas me faire de mal.

C'était un mensonge. C'était toujours un mensonge, mais elle l'avait perfectionné.

Il croisa son regard.

— D'accord, alors. Laisse-moi mettre une capote, parce que je veux que tu sois en sécurité.

Il fouilla dans son jean et en sortit un portefeuille ainsi qu'un préservatif avant de l'observer en déroulant le latex sur sa longueur.

— Tu es prête pour moi ?

En guise de réponse, elle posa une paume sur sa poitrine et glissa l'autre entre ses jambes.

— Dépêche-toi.

En un instant, il fut sur elle, la pénétrant dans un coup de reins profond. Ils s'exclamèrent tous les deux, mais il ne marqua aucune pause. Il fit plutôt des va-et-vient en elle, la rapprochant encore et encore de l'orgasme jusqu'à ce que tout ce qu'elle puisse sentir, c'était qu'il se trouvait en elle et qu'elle avait chaud à cause du désir. Elle jouit en grognant, ses muscles se serrant violemment autour de lui.

Jax l'embrassa férocement une nouvelle fois en explosant, ses hanches bougeant à un rythme si soutenu qu'elle avait le sentiment qu'ils auraient tous les deux des courbatures le lendemain matin.

Elle s'accrocha à lui, sa jouissance disparaissant lentement, contrairement à son envie de lui.

Pourtant, ce n'était que l'affaire d'une nuit. Et lorsqu'elle partirait au matin, elle ne regarderait pas en arrière. Elle ne pouvait pas se le permettre.

Il n'y aurait pas de noms de famille. Pas de numéros de téléphone échangés. Pas de promesses.

C'était tout ce dont elle avait besoin.

Du moins, c'était ce qu'elle se disait.

Chapitre Deux

JAX REAGAN n'aurait pas dû être surpris lorsqu'il s'était réveillé la veille au matin dans un lit vide, mais bon sang, il l'était. Il avait vécu les meilleurs ébats de sa vie et Ashlynn l'avait abandonné quand il dormait, sans même jeter un coup d'œil en arrière. Oui, ce qu'ils avaient fait avait été spontané, et ils ne s'étaient rien promis, mais il avait tout de même pensé que ce serait lui, qui allait partir.

Aucune femme ne l'avait laissé coucher dans son lit, auparavant, et même s'il n'était pas sûr de savoir ce qu'il ressentait à ce propos, il était conscient qu'il ne pouvait rien faire. Il ne vivait plus à Atlanta et il n'y reviendrait pas de sitôt. Il n'était venu qu'afin de terminer un boulot pour un ancien client dont il n'avait pas voulu s'occuper au début.

Néanmoins, son précédent patron pouvait toujours tirer certaines ficelles que Jax avait été incapable de couper jusqu'à la nuit dernière. Donc Jax avait pris l'avion depuis son nouveau chez lui, Denver, pour Atlanta pour achever un tatouage commencé un an plus tôt. Il n'avait pas eu envie de reprendre l'avion ce soir-là. Au lieu de ça, il avait utilisé les points de fidélité de son pote et était resté dans un hôtel qu'il n'aurait pas pu se payer en temps normal, mais son ami avait insisté. Jax s'était dit qu'il passerait la nuit à regarder un film et à se prélasser dans des draps décents.

Au lieu de ça, il s'était prélassé dans quelque chose d'encore mieux.

Ashlynn. Ash. Princesse.

La femme d'affaires aux antipodes de ses tatouages.

Et il ne la croiserait plus jamais.

C'était vraiment dommage. Et pas seulement parce qu'ils s'étaient envoyés en l'air jusqu'à l'aube et qu'il n'en avait tout de même pas eu assez. Non, il *l'appréciait*. Il n'avait appris à la connaître que très peu, mais il avait aimé ce qu'il avait vu. Et, il avait dû admettre que la tirer hors de danger la première fois qu'il l'avait vue l'avait légèrement excité.

Mais désormais, il allait devoir la sortir de son

esprit, parce qu'il était de retour à Denver et qu'il travaillait une demi-journée dans sa nouvelle boutique. *Montgomery Ink* était un salon fantastique et populaire au cœur du centre-ville de Denver. Un frère et une sœur qui avaient visiblement quarante personnes dans leur famille franchissant constamment les portes noir et rose foncé à n'importe quelle heure de la journée, en étaient les gérants.

Austin et Maya le traitaient bien, lui accordaient les heures libres dont il avait besoin, et s'intéressaient réellement aux tatouages qu'ils devaient créer pour leurs clients.

Cela signifiait que ce nouveau poste était environ mille fois mieux que le précédent.

Jax retint un frisson en ouvrant son carnet de croquis pour bosser sur son prochain projet. Bon sang, son dernier lieu de travail avait été un dépotoir dans lequel il était le meilleur artiste, même si ça ne disait pas grand-chose. Il ne gagnait presque rien, là-bas, puisque Sammy avait tellement de connaissances dans la mafia et tant de dettes qu'il avait systématiquement besoin de l'argent que gagnait Jax.

Et maintenant qu'il n'était plus là, son ex-patron n'empochait plus autant d'argent. Jax devait gérer constamment un flot infini de SMS et d'appels de cet homme.

Sammy souhaitait qu'il revienne. Ce que Sammy voulait, Sammy l'obtenait.

Seulement, Jax n'avait pas envie de revenir. Il appréciait *Montgomery Ink* et aimait ne plus être sous la coupe de la mafia. Heureusement, il n'avait jamais eu affaire à eux personnellement, mais il en avait été assez proche pour sentir la peur dans l'air.

En fait, il avait croisé Sammy et quelques hommes qu'il n'avait pas souhaité identifier, avant de foncer littéralement dans Ash au bout de la rue. Il avait été vraiment effrayé de voir qu'elle était en danger et avait réagi sans réfléchir en l'attirant contre lui. Il espérait que n'importe qui aurait fait la même chose, mais récemment, il ne pouvait être sûr de rien. Pas avec tout ce qu'il avait vécu ces dernières années.

Il souffla et passa ses mains dans sa barbe. Maintenant, il était à la maison et avec un peu de chance, il en avait fini avec *Sammy's Ink* et son équipe. La seule chose qu'il regrettait dans tout ça, c'était qu'il ne reverrait plus jamais Ashlynn. Il ignorait où elle habitait, cependant, il avait le senti-ment que ce n'était pas à Atlanta, puisqu'elle était apparemment à l'hôtel pour une conférence.

Jax devinait qu'une nuit d'ébats torrides, de goûts et de contacts inoubliables allait devoir lui suffire pendant un moment.

C'était vraiment dommage.

— Tu vas bien ou tu as besoin d'une minute ? le taquina Austin Montgomery depuis son poste de travail.

L'agencement de *Montgomery Ink* était similaire aux autres salons dans lesquels il avait bossé. Des box étaient alignés de chaque côté de la grande pièce et chaque artiste avait son propre poste de travail qu'il pouvait s'approprier en fonction de ses besoins. De nouvelles pièces avaient été ajoutées récemment, dont une plus intime avec des rideaux qu'ils utilisaient avec ceux qui le nécessitaient, et une salle de piercing. Il y avait également trois box au fond pour les artistes de passage et ceux qui tournaient. Jax avait l'un de ces postes, actuellement. Il était encore assez nouveau pour travailler à temps plein sans être un membre accompli de *Montgomery Ink*. Il allait devoir travailler dur, comme tous les autres employés de la boutique, et s'il avait de la chance, il resterait plus longtemps qu'un mois ou deux comme certaines personnes qui arrivaient et repartaient.

— Jax ? demanda Derek dans un box à côté de

lui. Tu vas bien ? Tu n'as même pas répondu à la perche qu'Austin t'a lancée en riant.

Jax secoua la tête et observa son patron.

— Oh, je l'ai entendue. Je prenais juste « une minute pour moi ».

Austin leva les yeux au ciel et sourit.

— Ne te branle pas à ton poste. Ce serait un vrai bordel à nettoyer. Pour toi. Parce qu'il y a des choses que les amis et les collègues n'ont pas besoin de voir ou d'imaginer. Et ils ont encore moins besoin de le faire.

Jax lui adressa un doigt d'honneur avant de tourner une page blanche sur son carnet de croquis. Un de ses clients voulait un petit dragon sur ses côtes. Il avait été catégorique sur la taille et l'emplacement, et Jax avait été incapable de le dissuader. Le problème avec le niveau de détails que nécessitait un dragon, c'était qu'il serait vraiment moche sur une minuscule échelle, et la cage thoracique était le *pire* des endroits pour ça. Donc Jax allait devoir établir un compromis, puisqu'il était hors de question qu'il fasse un mauvais tatouage à cet homme.

Trouver l'équilibre entre les besoins d'un client et ce qui pouvait être fait était l'élément principal de son boulot. Du moins, c'était *censé* être l'un des grands composants. Cela n'avait pas toujours été comme ça, lorsqu'il travaillait pour Sammy et il avait détesté ça. Il avait été enlisé par les histoires qui se passaient dans la boutique et tout ce qui allait avec. Ce ne fut que lorsqu'il avait fait sortir sa mère et sa sœur de la ville pour aller à Denver qu'il avait été capable de se débarrasser de l'influence de Sammy.

Quelqu'un lui donna un coup dans l'épaule et Jax leva les yeux pour voir Austin le fixer.

— Quoi ? s'enquit-il d'une voix rauque.

Il n'avait pas bien dormi la nuit précédente puisqu'il avait pensé au moment passé avec Ashlynn, et il commençait à le ressentir.

— Tu as une sale tête, mec, expliqua son patron en fronçant les sourcils. Va faire une sieste sur le canapé que Maya garde dans son bureau. Il est encore assez tôt pour qu'il n'y ait pas de clients inopinés, et tu n'as pas de rendez-vous avant cet après-midi, de toute façon, puisque tu as prévu d'emmener ta sœur déjeuner.

Jax secoua la tête, se sentant comme un idiot pour avoir déçu son nouveau boss. Il aimait les Montgomery et ne voulait pas tout gâcher parce qu'il dormait debout.

— Je vais bien.

Austin soupira.

— Non, c'est faux. Va juste faire une sieste. On a tous déjà vécu ça. Ou alors, va boire un café. Hailey, à côté, connaît ta commande, maintenant, et puisqu'elle a un sixième sens avec ce genre de choses, elle est probablement déjà en train de la préparer.

Sloane, l'autre tatoueur dans la pièce, sourit.

— Ma femme sait ce qu'elle fait.

Hailey et Sloane étaient mariés, même si Jax ne connaissait pas les détails de la façon dont cette adorable femme, propriétaire du café à côté, s'était mise en couple avec le grand homme effronté et tatoué qui bossait avec lui. Il imaginait que c'était une belle histoire.

— Ses brownies sont fantastiques, déclara Jax quand son ventre gronda. Vous croyez qu'elle me laissera en manger un pour le petit déjeuner ?

Il était déjà debout, se sentant légèrement en meilleure forme en y songeant.

Sloane ricana.

— Toi ? Bien sûr. Moi ? Pas vraiment. Apparemment, à mon grand âge, j'ai besoin de repenser à la quantité de sucre que je consomme.

Austin lui fit un doigt d'honneur.

— Je suis plus vieux que vous deux, alors va te

faire foutre. Mais, franchement, si tu ne veux pas faire une sieste, va prendre un café et ramène-nous-en aussi.

Il lui lança un clin d'œil.

— Hailey connaîtra nos commandes.

Jax se mit à rire et avança vers la porte qui connectait les deux boutiques.

— Vous vouliez juste que j'aille chercher vos cafés.

Austin fit semblant de lui adresser un salut militaire, qui ne paraissait pas déplacé avec sa grande barbe rivalisant clairement avec celle de Jax.

— Maintenant, tu comprends, mon petit.

— Je ne suis pas beaucoup plus jeune que toi, répliqua-t-il.

Il avait une trentaine d'années, tout comme Austin, et avait vécu l'enfer. Mais une fois encore, il se disait que les Montgomery avaient probablement traversé des situations similaires.

— C'est vrai, mais tu es toujours le petit nouveau de la boutique, plaisanta Austin.

Jax fit un doigt d'honneur à l'équipe avant de se diriger vers le café. Il ne put s'empêcher de sourire en ayant l'impression d'être chez lui, à *Montgomery Ink,* après seulement quelques semaines à travailler ici, alors que ça n'avait jamais été le cas pendant les années où il avait encré pour Sammy.

Un changement de décor était bon pour moi, songea-t-il, tout comme ce déménagement avait été bénéfique pour le reste de sa famille.

Désormais, il devait juste s'assurer de ne pas tout gâcher.

JAX BAISSA les yeux vers sa chemise noire boutonnée, au-dessus de son jean, et il grimaça. Il aurait probablement dû enfiler un pantalon de costume, ou quelque chose dans le genre, pour aller chercher Jessica à son boulot afin qu'ils aillent déjeuner. C'était sa deuxième semaine de stage rémunéré dans une grande entreprise et elle l'autorisait uniquement maintenant à venir le chercher pour manger un morceau. Elle n'avait pas beaucoup de temps et travaillait encore plus que lui, mais il était sacrément fier d'elle.

Sa parfaite petite sœur avait dix ans de moins que lui. Elle avait travaillé dur à l'université et avait obtenu son diplôme non seulement avec les honneurs, mais avec un poste dans une société prestigieuse dans le centre-ville de Denver. Étant donné l'état de l'économie et la dette que les gens de son âge devaient rembourser, à notre époque, il savait qu'elle n'était pas seulement talentueuse, mais aussi chanceuse.

Comment un tatoueur tel que lui avait-il fini avec une petite sœur qui grimpait les échelons de la vie d'entreprise ? Il l'ignorait, mais il se disait que ce n'était pas uniquement à cause de ce qu'il avait fait pour l'aider. Leur mère avait travaillé comme une folle, avec deux jobs, pour garder un toit sur leurs têtes lorsqu'il était enfant, donc élever Jessica avait été un effort de groupe.

Du moins, c'était ce que sa mère disait. Si vous lui demandiez à lui, il aurait répondu que Jessica s'en était bien sortie toute seule sans qu'il surveille et lance un regard noir à tous ceux qui osaient s'approcher d'elle. Elle était la première de la famille à aller à l'université, et l'une des seules à avoir essayer. *Personne* n'allait gâcher ça pour elle. Pas même lui.

Mais peut-être qu'il aurait dû porter autre chose qu'un jean. Au moins, il n'y avait pas de trou dedans, et il portait une chemise qui couvrait la plupart de ses tatouages. Il avait envisagé de baisser ses manches pour dissimuler les dessins sur ses avant-bras, mais il s'était dit que ce serait pousser le bouchon un peu trop loin.

Il leva les yeux vers le grand immeuble qui était

l'un des nombreux bâtiments ornant l'horizon de Denver et il ne put s'empêcher de sourire. Il avait toujours cru que les gratte-ciel avaient l'air minuscules avec le décor des Rocheuses derrière, mais lorsqu'il se tenait à côté de l'un d'entre eux et qu'il savait que Jessica œuvrait à l'intérieur, il se rendait compte du chemin qu'elle avait parcouru. Il avait hâte de voir ce qu'elle ferait ensuite.

Continuant de sourire, il s'engagea dans l'immeuble et ignora les regards curieux lancés par les hommes en costume cravate. Il ne put s'empêcher de penser à Ashlynn à ce moment-là et comme il n'avait pas eu l'air à sa place à ses côtés. Mais bon sang, ils avaient brûlé les draps une fois qu'ils s'étaient débarrassés des vêtements qui les séparaient.

Jessica avait promis de le retrouver dans l'entrée pour qu'il n'ait pas à se rendre jusqu'à son étage. C'était probablement pour ne pas l'embarrasser, non pas à cause de son allure, mais parce que, hé, il était son grand frère et que c'était un petit peu sa mission. Il plongea les mains dans ses poches et attendit jusqu'à entendre le cliquètement des talons aiguilles sur le carrelage.

Il connaissait ce bruit et il n'émanait pas de sa petite sœur.

Alors que ses cheveux se hérissaient sur sa nuque, il se retourna avec un sourire narquois. Eh bien, bon sang, il semblerait que ce soit son jour de chance.

— Ashlynn.

Chapitre Trois

ASHLYNN DEVAIT AVOIR DES HALLUCINATIONS, puisqu'il était impossible que son coup d'un soir se tienne au milieu de l'entrée de son entreprise. Elle avait laissé Jax endormi dans sa chambre d'hôtel d'Atlanta, nu et ébouriffé à cause de leur sexcapades de la veille et elle n'avait pas jeté un seul coup d'œil derrière elle.

D'accord, c'était un véritable mensonge puisqu'elle ne pensait qu'à lui et ne rêvait que de lui depuis qu'elle avait quitté cette chambre, mais elle faisait vraiment du bon boulot en se mentant à elle-même.

Désormais, tous ses efforts passaient par la fenêtre parce que *mon Dieu*, ce mec était purement sexuel.

Un être sexuel tatoué et barbu.

Et il était juste devant elle.

— Tu m'as suivie ?

Ces mots sortirent dans un chuchotement sec, et elle retint une grimace. Elle n'avait pas imaginé ce qu'elle pourrait lui dire si elle le revoyait, mais ces paroles en particulier n'étaient pas les bonnes. Pas quand Jax arrêta de sourire et plissa les yeux vers elle.

— J'allais dire que j'étais vraiment content de te voir, mais peut-être que j'aurais dû te demander si c'était *toi* qui *me* suivait.

Il passe une main sur sa barbe et Ashlynn eut envie de couvrir son visage avec ses doigts.

Elle ne gérait pas bien cette situation et le rouge sur ses joues était extrême. Ashlynn Kelly n'était jamais troublée. C'était elle qui faisait trembler les autres dans leurs bottes. Elle était toujours celle qui gardait le contrôle.

C'était ce qui rendait Jax dangereux.

Et elle ne connaissait même pas son nom de famille.

Elle haussa le menton et fit de son mieux pour ne pas attirer l'attention sur elle. Elle n'avait pas besoin qu'on raconte des ragots sur elle dans l'entreprise, pas si elle voulait continuer d'être ce qu'elle était.

— Je ne t'ai pas suivi, dit-elle doucement. Je travaille là, Jax. J'étais juste surprise de te voir. Qu'est-ce que tu fais ici ?

— Ici, à Denver ? J'y habite. Ici, dans ce bâtiment ? Ma petite sœur est stagiaire et je l'emmène déjeuner.

Il fronça les sourcils en la regardant.

— Le monde est petit, ajouta-t-il en chuchotant.

Elle déglutit difficilement, se rappelant la façon dont la chaleur de ses mots murmurés picotait sa peau. Elle ne pouvait pas le laisser la troubler, pas ici. Pas maintenant. Peut-être même jamais. Il était censé être un coup d'un soir. Puis quelque chose qu'il avait dit la fit réagir.

— Ta sœur travaille ici ? Elle est stagiaire ?

Ashlynn tenta de se souvenir de tous les visages qu'elle avait engagés, mais ils venaient juste d'accueillir de nouveaux stagiaires et elle n'avait pas encore rencontré tout le monde. Tous les nouveaux ne travaillaient pas sous ses ordres, mais beaucoup le faisaient, et si l'une d'entre elles était en famille avec Jax… eh bien, ce ne serait pas la meilleure des idées de poursuivre cette conversation.

Le sourire de Jax s'adoucit quand il parla de sa sœur.

— Oui, elle a commencé il y a quelques semaines. Nous sommes fiers.

— Nous ? cracha-t-elle.

Elle aurait pu mentalement se mettre une claque.

Jax ricana.

— Notre mère. Et moi. Jessica est un peu plus jeune que moi, donc j'ai l'impression d'avoir aidé à l'élever, même si elle a presque tout fait seule. C'est une fonceuse.

Ashlynn essaya de se concentrer sur la discussion, mais elle continuait d'avoir des flashs de sa nuit avec Jax. Cela était l'acte le plus impulsif qu'elle n'avait jamais fait de sa vie, et maintenant, l'homme était ici, juste devant elle, comme si le destin raillait ses décisions.

—Jax ?

Ashlynn se tourna pour voir une jeune brunette avec un sourire prudent qui avançait vers eux. Elle portait un joli tailleur avec une jupe et des talons qui semblaient toujours à la mode. Ses cheveux étaient relevés dans un beau chignon à la base de son cou et Ashlynn n'apercevait pas un soupçon de tatouage ou de piercings, à part de ravissants anneaux à ses oreilles. Sans ses yeux, Ashlynn n'aurait jamais su que Jessica et Jax étaient de la même famille. Mais ses iris en disaient long.

Elle se tourna quand Jax adressa un large sourire à sa sœur.

— Te voilà, petit avorton, dit-il avec son attitude typique de grand frère en tendant les bras.

Jessica jeta un coup d'œil à Ashlynn avant de lever les yeux au ciel et alla étreindre Jax. Il l'embrassa sur le front, la serrant fermement, puis recula et secoua la tête.

— Tu as grandi.

Jessica soupira.

— Tu m'as vu il y a quatre jours.

Elle se tourna et tendit la main.

— Salut, je suis Jessica Reagan.

Ashlynn saisit la main de la jeune femme et la serra rapidement.

— Ravi de te rencontrer, je suis Ashlynn Kelly. Je ne crois pas que nous nous soyons déjà croisées, n'est-ce pas ?

Jessica secoua la tête.

— Non, je suis dans un autre service, mais je t'ai vue à mon étage. Il me semble que tu étais hors de la ville pour une conférence la semaine dernière, quand les présentations ont été faites.

C'était logique. Ashlynn acquiesça. Évidemment, elle avait rencontré Jax pendant cette conférence et elle avait ensuite eu des ébats sales et transpirants avec cet homme, donc les choses étaient juste légèrement plus compliquées que ce que l'autre femme imaginait.

Jessica scruta tour à tour Jax et Ashlynn avec un air étrange sur le visage, comme si elle mourait d'envie de demander comment ils se connaissaient, mais elle se retenait tout juste.

Ashlynn s'éclaircit la gorge, ayant besoin de se dégager rapidement de la situation avant qu'elle ne puisse plus se regarder dans un miroir.

— Amusez-vous bien pendant votre déjeuner. J'ai une réunion.

Elle hocha la tête en direction de Jessica, jetant à peine un coup d'œil à Jax. Elle n'était pas sûre de ce qu'elle ferait si elle l'admirait pendant trop longtemps.

Le jeune homme lui lança simplement un sourire entendu avant d'acquiescer.

— Bonne journée, chuchota-t-il.

Ashlynn s'en alla. Elle ne courut pas jusqu'à l'ascenseur, mais elle n'en était pas loin. Elle écouta Jessica murmurer rapidement quelque chose à son frère et elle eut le sentiment que c'était à propos d'elle, donc elle releva le menton et fit de son mieux pour l'ignorer.

Ashlynn n'allait *pas* revoir Jax. Il était impossible que ça puisse fonctionner et elle s'était déjà dit qu'elle n'avait pas le temps pour les hommes. Cette rencontre aujourd'hui n'était que pure coïncidence. Rien de plus.

Et si elle continuait de se le répéter, elle pourrait peut-être le croire.

QUELQUES HEURES PLUS TARD, la plupart des employés de l'entreprise étaient rentrés chez eux et Ashlynn avait regardé un coucher de soleil spectaculaire depuis son bureau. Évidemment, elle lui avait à peine jeté un coup d'œil puisqu'elle avait environ quatre cents choses à faire sur sa liste, mais elle l'avait remarqué, ce qui était bien mieux que la plupart du temps.

Oui, elle travaillait dur, mais elle en avait au moins conscience, et on ne pouvait pas en dire de même de la plupart de ses amis et collègues.

Et même si, oui, son esprit était au travail et concluait l'affaire qu'elle avait faite à Atlanta, ce n'était pas la seule chose à laquelle elle pensait. Non, c'était *l'autre* événement qui s'était produit en

Géorgie qui occupait davantage son esprit, au point que c'en était malsain.

Jax.

Il vivait à Denver.

Il s'était retrouvé dans son immeuble cet après-midi.

Sa sœur *travaillait* avec elle.

Et même si elle l'avait laissé dans l'entrée sans regarder derrière elle, elle avait le sentiment que ce n'était pas la fin. Peu importaient les problèmes qui viendraient en parallèle, s'ils allaient plus loin.

En soupirant, elle se frotta la nuque et fronça les sourcils devant les chiffres en face d'elle. S'ils commençaient à se flouter si tôt dans la soirée, elle devrait probablement rentrer chez elle et manger quelque chose afin de pouvoir travailler davantage. Heureusement, puisqu'elle avait été incapable de dormir la nuit précédente (grâce à des rêves érotiques sur Jax et sa barbe), elle avait été maligne et avait mis de la nourriture à cuire dans sa cocotte électrique. Lorsqu'elle rentrerait, elle aurait un parfait mélange de poulet, de pommes de terre et de légumes.

En y songeant, son estomac gronda et elle sauvegarda son fichier avant de fermer ses programmes. Que tout cela aille au diable. Entre les pensées concernant la nourriture et Jax, elle n'arrivait pas à se concentrer.

Elle ferait aussi bien d'aller manger, puisqu'elle n'aurait pas Jax ce soir.

Ou jamais, se rappela-t-elle. Elle n'aurait jamais Jax.

— Toc, toc, princesse.

Elle releva la tête si rapidement qu'elle faillit tomber de sa chaise.

— Jax ? souffla-t-elle avant de s'éclaircir la gorge. Qu'est-ce que tu fais là ? Comment es-tu entré dans mon bureau ?

Et pourquoi l'accusait-elle de choses et d'autres quand il la troublait ?

Jax inclina la tête, et ses cheveux pendirent devant ses yeux.

— Il est tard et il n'y a pas tant de monde que ça dans le bâtiment. Ton assistant, Neil, m'a laissé entrer quand je lui ai dit qui j'étais.

Il haussa les sourcils.

— Visiblement, quand je me suis présenté, ça l'a fait sourire et il m'a fait entrer quand il est parti.

Elle allait tuer son assistant. Enfin, pas vraiment parce qu'il lui sauvait quotidiennement la vie, mais tout de même. Elle allait lui refuser sa portion de crème dans son café. Elle n'avait pas voulu avouer ce qu'elle avait fait avec Jax à Atlanta, mais elle ne cachait jamais rien à Neil, pas quand cela était important. Cet homme semblait être un horrible entremetteur et cela l'énerverait bien, sauf qu'il était comblé non pas avec une, mais *deux* personnes (un homme et une femme) dans son trouple. Il avait sa fin heureuse pour toujours et il souhaitait qu'Ashlynn en ait une aussi.

Seulement, elle n'avait pas le temps pour ça.

— Neil est viré, répliqua-t-elle simplement.

Elle retint son rire quand Jax leva les yeux au ciel. Sa sœur avait fait la même chose un peu plus tôt, elle ne pouvait s'empêcher de penser comme ils se ressemblaient quand ils le faisaient.

— Bien sûr, Ash, bien sûr.

Elle déglutit difficilement et finit de ranger ses affaires dans son sac pour occuper ses mains.

— Pourquoi es-tu ici, Jax ?

Il s'approcha d'elle, et elle réprima un frisson en baissant les yeux. Il l'avait touché, caressé, fait jouir en l'effleurant simplement avec ses doigts calleux sur sa peau.

Et elle ne connaissait toujours pas son nom de famille. Ni sa profession. Elle ne savait rien de lui et pourtant, il était là, dans son bureau, dans sa ville… et elle ignorait ce qu'il se produirait ensuite.

— Je suis ici parce que tu es là, peu importe ce que nous avons affirmé à Atlanta, il y avait quelque chose entre nous. Et je me dis, une opportunité comme ça ? Nous nous retrouvons ensemble, parmi toutes les villes possibles ? Nous ne pouvons pas laisser passer cette chance.

Elle se lécha les lèvres, son souffle trembla.

— Pourquoi es-tu ici, Jax ? répéta-t-elle. Que veux-tu de moi ?

Il se rapprochait, désormais. Il était si près qu'elle pouvait sentir la chaleur émanant de sa peau. Il aurait dû avoir l'air si inapproprié dans un bureau élevé, et pourtant, pour une quelconque raison, il semblait appartenir à cette pièce. Elle n'était pas certaine de savoir ce qu'elle devait en penser.

— Je te veux, dit-il simplement. Je n'en ai pas eu assez ce soir-là, et je veux plus de toi maintenant. Tout ce que tu peux me donner, Ash. Tout.

Elle déglutit difficilement et essaya de garder ses émotions sous contrôle.

— Tu ne savais pas qui j'étais avant de me voir dans la rue, chuchota-t-elle. Tu ignorais que je serais là aujourd'hui.

Il l'embrassa doucement, juste en effleurant ses lèvres.

— Je veux apprendre à te connaître, Ash. Laisse-moi t'emmener dîner, laisse-moi voir qui est la vraie Ash. Tu peux visualiser qui je suis aussi.

Elle secoua la tête.

— Je…

— Ash, ne dis pas non. Je t'écouterai si tu le fais aussi, mais je n'ai pas envie que tu dises non.

— Je voulais dire non parce qu'il est hors de question que je sorte. J'ai à manger dans ma cocotte, à la maison.

Elle grimaça et il sourit.

— Madame la directrice cuisine dans des cocottes ? C'est parfait. Dis-moi juste que tu sais que ton temps est précieux. Alors… il y en a assez pour deux ?

Elle rit doucement.

— Oui, Jax, il devrait en avoir assez pour toi. J'ignore totalement ce que je fais, mais j'espère que c'est la bonne décision.

Il l'embrassa.

— Moi aussi, parce que ça me *semble* être la bonne. Mais si on a tort ? On aura tort ensemble. D'accord ?

Elle se pencha en avant et passa une main dans sa barbe.

— D'accord.

. . .

– ALORS, tu aimes travailler à Montgomery Ink ? s'enquit-elle quand ils faisaient la vaisselle ensemble.

C'était étrange d'avoir un homme chez elle et de partager ses tâches ménagères avec lui, mais ce n'était pas aussi bizarre que cela aurait pu l'être s'il s'était agi de quelqu'un d'autre que Jax. Pour une raison quelconque, il avait tout bonnement sa place. Cela aurait probablement dû l'inquiéter plus que ça, mais pour le moment, elle allait juste se laisser porter par le courant, ce qu'elle ne faisait jamais, généralement.

Jax s'appuya contre l'évier et acquiesça.

— Ça me correspond, je crois. J'aime mes collègues et les clients. Bien sûr, certaines des personnes qui viennent m'agacent, mais c'est la même chose dans tous les boulots.

Ashlynn hocha la tête.

— Tu m'en diras tant.

— Et tu aimes être directrice financière ? Je ne connais rien au business, mais j'en sais assez pour comprendre que ce n'est pas rien. C'est sexy que ce soit aussi important, mais je vais m'empêcher de le dire devant les autres, si tu veux, conclut-il avec un clin d'œil.

Elle ricana, se demandant comment elle pouvait être aussi à l'aise avec quelqu'un qu'elle connaissait à peine. Oui, elle connaissait *intimement* Jax, mais elle commençait simplement à apercevoir l'homme sous les tatouages, et elle l'appréciait.

— J'aime mon travail, répondit-elle quand elle eut fini de rire.

Elle souriait toujours.

— Je travaille trop dur et je sais que je devrais m'effacer un peu et déléguer, mais j'aime tellement ce que je fais que c'est compliqué, parfois.

— Si tu détestais ça, ce serait une tout autre histoire, non ? Travailler dans une entreprise que tu hais t'épuise, te fait regretter les décisions que tu prends, même si ce sont les seules possibles.

Quelque chose dans sa voix l'obligea à marquer une pause, et elle posa le torchon sur le plan de travail.

— Jax ?

Il secoua la tête.

— J'ai encré pour les mauvaises personnes à Atlanta. Je ne voulais pas le faire, mais mon ancien patron était un escroc qui avait les pires des relations. Dès que j'ai pu m'en sortir, je l'ai fait. J'étais un gamin stupide qui avait besoin d'un travail et je devais rester parce que je pensais lui devoir quelque chose.

Il se tourna alors vers elle, et ils furent face à face.

— J'étais un idiot, mais je ne le suis plus, maintenant. Je travaille avec des gens superbes et j'adore mon job. Je m'installe à Denver sur le long terme et je ne prévois pas de retourner dans une boutique qui me traite comme de la merde, avec des collègues qui croient que je suis à eux.

Il haussa les épaules et elle savait qu'il y avait plus à dire sur cette histoire.

— Tu peux m'en raconter davantage, si tu veux, déclara-t-elle doucement. Tu es un homme bien, Jax. Tu m'as sauvé la vie quand tu aurais simplement pu reculer et sauver la tienne. En plus, chaque homme qui s'assure que sa partenaire jouit au moins deux fois avant lui est un homme bien, selon mes critères.

Elle fit un clin d'œil en le disant, et Jax gloussa.

— N'importe quel gars qui ne fait *pas* jouir sa partenaire n'est pas quelqu'un que j'aimerais connaître.

Il tendit la main, et effleura sa mâchoire.

— Je suis ravi qu'on se soit retrouvé, Ash.

Elle déglutit difficilement, s'obligeant à ne pas

bouger à son contact.

— Moi aussi.

— Maintenant, je peux partir après t'avoir embrassé, si tu le souhaites, et on peut y aller doucement, mais Ash ? Je veux à nouveau te goûter. Et si tu veux de moi, je ferais en sorte que tu jouisses au moins deux fois avant que je te pénètre encore.

Elle gloussa avec lui et s'autorisa à se rapprocher.

— Je ne veux pas que tu t'en ailles. J'ignore ce qu'on fait, mais je n'ai pas envie que ça s'arrête.

Il effleura ses lèvres, sa barbe éraflant doucement son menton de la meilleure façon possible. Bon sang, elle pouvait s'y habituer.

— Laisse-moi t'emmener dans la chambre, princesse.

Elle savait qu'elle commettait probablement une erreur, mais elle fit la seule chose envisageable à ce moment. Elle se mit sur la pointe des pieds, puisqu'elle avait enlevé ses talons quand ils étaient entrés, et elle l'embrassa passionnément en guise de réponse.

Il grogna et la souleva, relevant sa jupe sur ses cuisses pour qu'elle enroule les jambes autour de sa taille. Elle savait qu'elle venait de déchirer l'une de ses coutures, mais elle s'en fichait totalement. Elle aurait cru qu'être avec lui, chez elle, serait différent, qu'elle n'aurait pas la même impression que quand elle avait joué avec le feu et l'inconnu à Atlanta.

Elle aurait eu tort.

Puisque l'agencement de sa maison n'était pas si difficile que ça à deviner, Jax trouva sa chambre en peu de temps. Il suçota son cou en la posant sur le lit, et elle se cambra contre lui, mourant d'envie de l'avoir. Curieusement, ils avaient échangé leur position donc elle était sur le dos et ils gardaient leur bouche l'une sur l'autre en se débarrassant de leurs vêtements, les laissant nus et entortillés l'un contre l'autre, sa longueur raide appuyée contre le ventre de la jeune femme.

— J'ai besoin de toi, haleta-t-elle.

Elle n'avait jamais eu besoin de quiconque, auparavant, mais à ce moment-là, elle devait avoir Jax en elle, sur elle, *avec* elle.

Il lui lança un sourire ensommeillé alors même que ses yeux brûlaient de désir.

— Alors tu peux m'avoir.

Ses doigts tracèrent sa colonne vertébrale avant de se poser sur ses fesses pour les serrer.

— Tu es si belle, Ash. À l'intérieur et à l'extérieur.

Elle baissa la tête, un rougissement s'étendant

sur sa peau.

— Jax.

Il les fit rouler une fois de plus et tendit la main entre eux, glissant ses doigts sur les plis de son sexe.

— Tu mouilles pour moi.

— J'ai l'impression que c'est un problème perpétuel quand je suis près de toi, le taquina-t-elle.

Son souffle devint laborieux quand elle décrivit un cercle sur son clitoris avec son pouce.

— C'est agréable à entendre, gronda-t-il avant de glisser sur son corps et d'appuyer sa bouche sur la sienne.

Elle laissa échapper une exclamation alors qu'il léchait et suçait, utilisant ses doigts à l'unisson avec sa langue. Quand il les recourba de la bonne façon, elle jouit, son corps tremblant alors qu'il criait son nom. Ses yeux étaient toujours fermés lorsqu'elle jouit. Il la retourna sur le ventre, et elle entendit le bruit d'un emballage de préservatif.

— Je vais te baiser juste comme ça, princesse. Avec tes jambes serrées et ton cul en l'air. Tu es prête pour moi ?

En guise de réponse, elle agita ses hanches, et il grogna avant de lui donner une petite fessée.

— Jax.

— Ash, haleta-t-il avant de glisser lentement en

elle.

Il l'étirait exactement comme il fallait, l'angle était juste assez différent pour qu'il plonge plus profondément qu'auparavant et pourtant, si ses cuisses étaient pressées l'une contre l'autre, elle savait que ses muscles internes se serraient encore davantage.

— C'est la perfection, gronda-t-il avec une main sur sa hanche.

Il fit des va-et-vient en elle.

— Je pourrais rester en toi pour toujours.

Pour toujours.

Cela aurait dû faire peur à Ashlynn, puisqu'elle venait juste de le rencontrer, mais pour une raison quelconque, elle ne voulait pas s'enfuir en courant, terrorisée. « Pour toujours », ce n'était qu'une expression, après tout. Ils s'amusaient seulement. Puis elle jouit autour de lui et cria son nom. Toute pensée sur ce qu'ils étaient, ce qu'ils pourraient être s'envola de son esprit dans un élan de douce extase.

Bientôt, elle se retrouva enroulée autour de lui, son corps tremblant contre le sien.

— Waouh.

Il gloussa contre sa tempe.

— Waouh, en effet.

Il passa paresseusement ses mains sur son corps,

comme s'il ne pouvait s'empêcher de la toucher. Elle aimait ça, peut-être un peu trop.

Elle s'apprêtait à dire quelque chose quand le portable de Jax sonna par terre. Il jura.

— Qu'y a-t-il ?

Il secoua la tête.

— Je connais cette sonnerie. Accorde-moi une seconde.

Il l'embrassa passionnément avant de se lever du lit. Il contourna le matelas, nu, et se pencha pour récupérer son smartphone où il l'avait laissé tomber. Il fronça les sourcils en lisant le message sur l'écran et elle se rassit, mettant le drap par-dessus de son corps pour ne pas finir nue et confuse dans son propre lit.

— Qu'y a-t-il ? s'enquit-elle.

Elle ne savait pas vraiment quoi éprouver, quoi penser. Ils venaient juste de coucher ensemble à nouveau, et pourtant, elle savait que ce n'était pas qu'une histoire de sexe, pas quand elle avait commencé à ressentir quelque chose qu'elle ne devrait pas. Néanmoins, elle ignorait totalement ce qu'elle éprouvait et maintenant, elle n'était pas certaine qu'elle le découvrirait un jour.

— Je dois y aller, dit-il d'une voix rauque.

Il passa ses jambes dans son boxer et son jean.

— Je suis désolé, princesse.

Elle pouvait pratiquement sentir l'extérieur glacial qu'elle arborait comme un bouclier autour d'elle à ce moment-là.

— Je comprends.

Il jura dans sa barbe et avança vers elle, prenant son visage en coupe avant de l'embrasser violemment.

— Non, tu ne comprends pas et j'en suis désolé. Je vais écrire mon numéro de téléphone sur le tableau blanc que j'ai vu sur ton frigo, mais je vais devoir partir et m'occuper de quelque chose. Je ne veux pas que tout ça s'arrête. Je ne m'en vais pas pour de bon. Compris, Ash ?

— Si tu dois y aller, alors vas-y. Ce n'est pas comme si nous étions dans une relation sérieuse.

Elle savait qu'elle disait simplement ça parce qu'elle était effrayée, mais elle détestait tout de même que ces mots sortent de sa bouche.

— Ce n'est rien d'important.

Il l'embrassa à nouveau, passant sa main sur mâchoire.

— Si, ça l'est. Et je suis désolé de devoir partir. Mais je veux te revoir.

— On verra, répondit-elle honnêtement.

Elle n'en était pas sûre. Elle se disait qu'elle

n'avait pas le temps pour un homme, et c'était le cas. Elle avait eu du travail à faire, quand elle était rentrée, néanmoins elle l'avait laissé de côté parce qu'elle passait du temps avec Jax. Il avait ses propres complications et sa vie, et elle n'était pas convaincue de pouvoir s'insinuer là-dedans. Une relation n'était pas une bonne idée. Si elle était maligne, elle ne regarderait pas son numéro de téléphone quand il partirait, et elle chasserait Jax de tes pensées.

Et même si elle était une femme intelligente, elle n'était pas certaine de pouvoir être maligne dans cette histoire.

— Au revoir, Ash, chuchota-t-il. Mais pas Adieu.

Elle se pinça les lèvres et acquiesça, confuse et instable quant à ce qu'elle devait faire. Jax soupira et récupéra le reste de ses affaires avant de la laisser dans la chambre, nue, satisfaite et seule.

Cela n'avait aucun sens qu'elle soit troublée par cet homme. Elle le connaissait à peine. Le problème était qu'elle aimait ce qu'elle ne connaissait pas. Elle adorait ça. La chose la plus sûre à faire serait de rester loin de Jax et de toutes les complications qui pouvaient découler d'une relation avec lui.

Alors pourquoi Ashlynn avait-elle plutôt envie de valser avec le danger ?

Chapitre Quatre

JAX VOULAIT JETER son téléphone contre le mur et le voir se désintégrer. Cependant, non seulement il n'avait pas l'argent pour ça, mais il savait en plus que cela ne résoudrait rien. Sammy lui avait envoyé des menaces depuis le soir où Jax avait rencontré Ashlynn et il n'avait pas arrêté depuis. Le tatoueur avait cru tout abandonner à Atlanta, mais il aurait dû savoir que son ancien boss ne renoncerait jamais.

Jax était véritablement dans la merde.

Sammy était toujours à Atlanta, heureusement, mais il manquait d'argent et menaçait de faire du mal à Jessica si Jax ne revenait pas travailler au salon. Ça n'avait aucun sens. Il y avait d'autres tatoueurs dans cette foutue ville, mais personne n'était assez stupide au point de bosser pour lui, maintenant, et cela signifiait que le patron de Jax était dans une très mauvaise situation avec la mafia.

Cette fichue mafia.

Jax ignorait comment sa vie était devenue ainsi, mais il en avait assez. Il avait laissé sa vieille maison derrière lui et il avait envisagé de commencer une nouvelle vie ici, néanmoins le passé continuait de lui revenir en pleine tête. Son ex-patron avait même interrompu le moment avec Ashlynn, et il le détestait pour ça. Il n'oublierait jamais l'insécurité qu'il avait vue sur le visage de cette dernière quand il était parti. Ils ne s'étaient pas fait de réelles promesses, mais bon sang, il voulait lui en faire. Il l'aimait bien, il la désirait, et il se voyait avec elle pendant plus longtemps que quelques heures au lit.

Il espérait seulement qu'elle percevait la même chose en lui. Pourtant, avec tout ce qu'il se passait dans sa vie, il n'était pas sûr d'être la bonne personne pour elle. Il était simplement un tatoueur avec un horrible passé, et elle brillait dans une entreprise qui valait plusieurs millions de dollars. Elle avait un avenir si étincelant que c'en était presque effrayant.

Ils n'étaient pas compatibles sur le papier, cependant Jax avait ressenti quelque chose de différent avec elle.

Il espérait juste qu'elle l'appellerait.

Elle devait l'appeler, bon sang.

— Jax, tu as cet autre carnet que tu utilisais ? demanda Austin depuis son poste. Tu voulais me montrer ce dragon, non ?

L'homme semblait fatigué, mais étant donné qu'il s'était occupé de ses propres enfants ainsi que de ses neveux et nièces afin que les adultes puissent apprécier une sortie en soirée, Jax n'allait pas lui en vouloir s'il donnait l'impression de devoir se droguer au café.

Jax roula des épaules et baissa les yeux vers le tas de livres devant lui, avant de jurer.

— J'ai dû le laisser dans ma voiture. Je vais aller le chercher.

Austin n'avait pas besoin de vérifier son travail, mais Jax souhaitait tout de même avoir ses conseils puisque ce n'était pas un design des plus faciles.

— Tu vas bien, aujourd'hui ? s'enquit Sloane.

— Ouais, tu avais l'air dans ton monde, ce matin, ajouta Derek à côté de Sloane.

Jax secoua la tête.

— Certaines merdes de mon ancienne boutique me reviennent en pleine teinte, mais je les ignore. Avec un peu de chance, ça finira par partir.

Austin haussa les sourcils.

— Je pense que ça finira par fonctionner.

Jax haussa les épaules.

— Je ne sais pas trop quoi faire d'autre, donc oui, j'espère que ça va le faire.

Il attrapa ses clés et leva son menton vers les mecs.

— Je reviens tout de suite avec le carnet.

On pouvait l'accuser de changer de sujet. Il ne savait pas quoi dire, de toute façon.

Il venait juste d'atteindre la porte à l'arrière pour partir sur le parking privé des employés et de la famille de *Montgomery Ink* lorsque de grandes mains l'agrippèrent par les épaules et le collèrent contre le mur en briques de la boutique de tatouage.

— Merde, grogna-t-il en essayant de repousser ses assaillants.

Ses clés tombèrent de ses mains, et il donna un coup de pied, mais il ne faisait pas le poids face à *trois* grands hommes qui ressemblaient à des armoires à glace plutôt qu'à de simples agresseurs.

— C'est quoi ce délire ?

— Sammy doit de l'argent au patron, salaud, et puisqu'il ne paie pas, tu vas le faire, gronda le plus gros.

Même si *le plus gros* n'était peut-être pas le bon qualificatif puisqu'ils étaient tous énormes. Ce ne fut que lorsque Jax aperçut l'éclat d'un couteau dans la main d'un des hommes qu'il se figea.

Nom de Dieu, ça ne pouvait pas être en train de se produire.

— Je ne travaille plus pour Sammy, déclara calmement Jax.

Ou du moins, il le dit aussi posément que possible étant donné qu'il était tenu en joue par trois crétins.

— Il prétend le contraire. Il nous dit que tu bosses au noir et que tu ne le paies pas, donc on ne touche pas notre part.

Ce putain de salaud. Jax ne le dit pas à voix haute, mais il le cria dans sa tête. Il priait simplement pour que ces types se focalisent uniquement sur lui, et pas sur sa famille. Une peur glaciale remonta dans sa colonne vertébrale en pensant que sa mère, Jessica ou *Ash* pourrait être blessée à cause de son ancien patron.

— Je ne travaille plus pour lui. Si vous voulez votre blé, demandez-le-lui. C'est lui qui bosse pour vous tous.

Jax n'avait jamais bossé pour eux et ne le ferait jamais.

— Peut-être qu'on devrait faire de toi un exemple, quoi qu'il arrive, chuchota l'un des mecs. Pour donner une leçon à Sammy.

Jax déglutit difficilement, tentant de garder son calme.

— Sammy se fout totalement de moi. Vous n'aurez pas du tout votre argent si vous me faites du mal. Trouvez Sammy et réclamez-lui ce qu'il vous doit. Je ne suis pas votre homme.

Il ne l'avait jamais été, même si son ancienne vie essayait de le muer en malfrat.

L'idiot principal inclina la tête et l'étudia.

— Tu sais… Sammy raconte des conneries depuis un moment, maintenant. Peut-être que nous devrions lui rendre visite encore une fois.

Merde.

— Il y a un problème, ici ? demanda Austin à côté de la porte.

Sloane et Derek étaient juste à côté de lui.

Les crétins relâchèrent immédiatement Jax, le

couteau retournant dans la poche d'où il avait été sorti. Un jour, l'adrénaline se dissiperait de son système, mais Jax se disait que ça n'arriverait pas tout de suite.

— On discute juste avec notre vieil ami, déclara le malabar principal d'une voix calme.

— Visiblement, il n'a pas envie de vous répondre, répliqua Sloane tout aussi simplement.

Les trois amis de Jax ne bougèrent pas, mais ils avaient l'air très intimidants avec leurs tatouages et leurs muscles. La situation ne pouvait pas s'envenimer. Jax devait faire en sorte que cela n'arrive pas, puisque ses amis n'étaient pas armés, mais il avait le sentiment que les gars d'Atlanta l'étaient.

La brute centrale leva les mains.

— On allait partir.

Il jeta un coup d'œil à Jax.

— Reste éloigné des problèmes.

Il acquiesça fermement, son corps plus tendu que jamais, mais alors que les mecs de son passé s'en allaient, il avait le sentiment étrange qu'ils disparaissaient pour toujours. Ils l'avaient menacé, bien sûr, mais ils ne lui avaient pas fait de mal comme ils l'auraient pu. Et, bon sang, ils devaient savoir, maintenant, qu'il n'avait rien à voir avec eux.

Il n'avait jamais fait partie de ce business et s'était assuré que tout le monde était au courant. Il espérait simplement que ce serait suffisant. Quant à Sammy ? Eh bien, il s'attirait ses propres ennuis et devrait en gérer les conséquences.

Jax en avait fini. Il retint une grimace en se tournant vers Sloane, Austin et Derek. Enfin, il n'en avait pas réellement terminé parce qu'il n'avait pas voulu que les autres sachent précisément ce qu'il avait traversé avant de se rendre à Denver.

— Je vais appeler un ami pour être certain qu'ils ne reviendront pas, dit doucement Sloane avant de retourner dans la boutique.

Jax écarquilla les yeux.

Austin haussa les épaules.

— Nous avons des potes bien placés, parfois. Maintenant, va chercher ce foutu carnet et entre. On parlera plus tard de ce qu'il s'est passé avec Maya, parce que si elle l'apprend de la bouche de quelqu'un d'autre, on va le payer cher.

Jax aurait bien ri, mais il n'en avait pas le courage, pour le moment. Maya était une force de la nature avec laquelle il fallait composer et on ne plaisantait pas avec la sœur d'Austin. C'était probablement la raison pour laquelle Jax l'appréciait autant.

— D'accord.

— On va rester ici avec toi, ajouta Derek. Juste au cas où.

Jax souffla.

— D'accord.

Il s'éclaircit la gorge.

— Merci.

En guise de réponse, Austin leva le menton. Quant à lui, il avança rapidement vers sa voiture, récupérant ses clés sur le gravier en passant. Il ne tremblait pas, mais il n'en était pas loin. Il aurait pu mourir. Cela n'aurait pas été sa faute. Pourtant, au final, cela n'aurait pas eu d'importance, pas quand il s'agissait des problèmes de Sammy.

Lorsqu'il retourna à l'intérieur, il était prêt à s'asseoir, à boire quelque chose de frais pour aider sa langue sèche. Il ne s'attendait pas à ce qu'il y ait quelqu'un dans son box.

Et il ne s'attendait certainement pas à ce qu'Ashlynn, dans ses hauts talons sexy, ainsi que sa jupe et sa veste grises, soit en train de patienter.

— Ash ?

Elle se tourna en entendant sa voix et écarquilla les yeux.

— Jax. Tu vas bien ?

Elle se précipita vers lui et prit son visage en coupe.

— Tu as une entaille, ici.

Son autre main plana au-dessus de sa mâchoire et il grimaça. Il ne l'avait pas senti jusqu'à ce qu'elle lui fasse remarquer et maintenant, elle le picotait. Mais il l'ignora puisqu'Ash était là et le touchait.

— Ça va aller, chuchota-t-il.

Il était conscient que les autres le fixaient, mais Jax ne voulait pas sortir pour lui parler en privé, pas après tout ce qui venait de se produire.

Elle se mordit la lèvre, incertaine.

— Si tu le dis.

— Qu'est-ce que tu fais ici, Ash ? demanda-t-il doucement. Non pas que je n'apprécie pas ta visite.

— Je voulais te voir, chuchota-t-elle. Je n'aime pas la façon dont on a laissé les choses, hier. J'étais un peu confuse et bon sang, je le suis encore, mais je n'aurais pas dû être aussi froide quand tu as dit que tu devais partir.

Il prit son visage en coupe, appréciant la douceur de sa peau sous son contact.

— Tu n'étais pas froide.

Elle avait été effrayée, parce qu'ils allaient trop vite, et il l'avait compris.

— Je suis ravi que tu sois ici.

Elle sourit.

— J'aurais pu appeler, mais j'avais envie de te voir.

Elle s'éclaircit la gorge.

— Alors… tu veux aller déjeuner ?

Il rit.

— Un déjeuner, ça peut le faire.

— Et j'espère apprendre à te connaître davantage. Pas juste… tu vois.

Elle rougit et Jax tomba encore plus sous son charme. Il n'était pas prêt à tomber complètement amoureux, mais avec cette femme, il savait que ce serait possible, en fin de compte. Ils avaient besoin de temps ensemble et puis… eh bien, ils apprendraient encore plus à se connaître.

— On dirait qu'on a un plan, princesse.

Il l'embrassa doucement.

— Ça ne te dérange pas que je sois un tatoueur sans diplôme ni grosse voiture ?

Il fit un clin d'œil.

— En revanche, j'ai une moto super sexy.

Elle leva les yeux au ciel.

— Ça ne te dérange pas que je sois un peu froide de temps en temps et que je travaille beaucoup ?

— Je peux m'y faire, chuchota-t-il avant de l'embrasser.

Il l'attira près d'elle pour qu'elle sente son érection appuyée contre elle malgré toutes les couches de vêtements. C'était ce qu'Ashlynn lui provoquait avec un simple coup d'œil et il *adorait* ça.

— Ohhh.

Jax ignorait lequel de ses collègues avait dit ça ou s'ils étaient plusieurs, donc il fit un doigt d'honneur à toute la pièce en gardant ses lèvres sur Ash.

La jeune femme le repoussa et se blottit sous son menton.

— J'ai oublié que nous n'étions pas seuls.

Il l'embrassa sur le sommet du crâne.

— J'aime que tu aies oublié.

Elle s'éloigna et fronça les sourcils.

— Par contre, tu vas me dire pourquoi tu es coupé.

Ce n'était pas une question et il s'en moquait.

— Ce soir. Je promets. Je te dirai tout.

— Bien, répondit-elle en souriant.

Il l'embrassa à nouveau.

— Je pourrais m'y habituer, chuchota-t-elle contre ses lèvres.

— Ah oui ? Moi aussi.

Il l'embrassa une fois de plus.

Il n'avait pas prévu d'avoir Ashlynn dans sa vie. Bon sang, il n'avait pas eu l'intention de trouver autre chose que la liberté. Mais désormais, il avait cette femme, cette directrice dans ses bras, et il savait que la surprise ne le dérangeait pas.

Ashlynn était le plus beau choc de sa vie.

Et il avait hâte d'en découvrir davantage.

À l'encre de l'espoir

Une romance Montgomery Ink
Tome 8.7
Carrie Ann Ryan

À l'encre de l'espoir

Brandon, artiste tatoueur, n'aurait jamais cru la revoir un jour. Il s'est évertué à ne jamais penser à elle ni à ce qu'ils partageaient. C'était le seul moyen de survivre. Mais maintenant qu'elle se tient juste devant lui, il en a le souffle coupé.

Lauren ne se doutait pas qu'il ferait partie de ses plans avant qu'il ne soit trop tard. Elle croyait qu'il avait disparu de sa vie et de ses souvenirs à jamais. À présent, il revient dans son univers et elle va devoir faire l'effort de se rappeler la fille qu'elle était autrefois et la femme qu'elle est devenue.

Chapitre 1

BRANDON

JE PASSAIS une journée fantastique et tout cela était en rapport avec les courbes adorables devant moi. Il n'y avait rien de tel dans la vie qu'une toile blanche sur une chair parfaite, souple, qui suppliait d'être touchée par une aiguille. J'avais une peau pure et vierge en face de moi sur une femme qui tolérait très bien la douleur, qui ne bougeait pas quand je devais creuser un peu plus profondément pour finir les ombres sur les bords.

Oui, aujourd'hui était l'un de ces bons jours, et l'adorable mère de quatre enfants, allongée sur ma table quand je m'affairais sur ses côtes et ses hanches en était l'unique raison. Elle voulait un dessin entier, avec de sérieux détails, qui exigeraient plusieurs séances. Mais étant donné que j'aimais vraiment travailler sur elle, et que le design que nous avions choisi était assez fantastique, je me fichais de passer des heures interminables dessus. C'était pour ça que j'étais entraîné, et ce que j'appréciais faire en bossant chez *Montgomery Ink*.

Ma cliente, Kim, avait eu l'idée d'assembler plusieurs de ses sagas de livres préférées dans un arrangement long et compliqué qui tiendrait sur un seul dessin. C'était une avide liseuse de romans et elle avait demandé à chacun des auteurs si elle pouvait se tatouer le logo de leurs séries de livres ou un objet qui les représentait. Apparemment, les écrivains avaient tous crié joyeusement « oui » ou avaient pleuré avant de répondre positivement. Si j'avais le talent d'être auteur et que quelqu'un voulait utiliser mon travail de cette façon, j'aurais probablement dit oui également. Kim mettait essentiellement une part de leur âme sur son corps, et cette trace resterait jusqu'à ce qu'elle meure. Si ce n'était pas un symbole de son dévouement et de l'amour pour les écrivains et leurs histoires, je ne savais pas ce que c'était.

— Comment tu vas, Kim ? demandai-je en me penchant en arrière et en m'étirant.

C'était peut-être elle qui avait une aiguille dans le cou, mais étant donné que je passais courbé toute la journée, j'allais probablement avoir plus mal qu'elle en fin de compte. Il y avait une raison pour que mon artiste préféré, hors de ce salon, porte des corsets quand il travaillait.

—Je vais bien.

Elle me sourit d'un air endormi et je ne pus m'empêcher d'en faire de même. Elle était vraiment la cliente parfaite. Se faire tatouer ne faisait pas toujours entrer les gens dans leur zone unique ou ne les enivrait pas tout le temps, mais Kim n'avait grimacé que quelques minutes. Si *je* pouvais être comme elle, j'aurais probablement plus de tatouages que ça.

En fait, tout mon bras gauche et mon flanc étaient nus, ainsi qu'une grande partie de mon bras droit. J'avais un énorme dessin dans le dos et une majeure portion de mon torse et de mes cuisses étaient couverts, mais je n'avais pas encore trouvé exactement ce que je voulais faire de mes bras. Étant donné que le vieil adage était de ne jamais faire confiance à un tatoueur sans tatouage, et que le plus grand nombre le croyait, je finissais par souvent montrer mon dos. Ma patronne, Maya, affirmait que je devrais même travailler torse nu au point où j'en étais, bien que ça ne respecte pas le code d'hygiène. Mais je me disais que ce n'était qu'une plaisanterie. Du moins, j'espérais que c'en était une puisque si je me pointais sans tee-shirt, elle me botterait probablement le cul.

Non pas que je pouvais en être sûr avec Maya et son frère Austin, qui était également propriétaire du salon. Ils avaient tendance à porter le sarcasme à un tout autre niveau, ce qui était une des raisons pour lesquelles j'aimais travailler ici. Je m'intégrais parfaitement. Je me disais qu'il faudrait quelques années supplémentaires avant que je sois aussi sarcastique que les Montgomery et que je sois du même genre qu'eux. Ça ne me dérangeait pas. J'avais passé les dernières années à voyager, filant de boutique en boutique pour perfectionner mon art et apprendre grâce aux meilleurs artistes. Je voulais apprendre précisément ce que cela signifiait d'être tatoueur au-delà de la folie que les médias semblaient montrer récemment. J'aimais dessiner et deviner exactement à quoi ressembleraient mes personnages croqués, finalement. Mais ce ne fut que lorsque je m'étais fait mon premier tatouage à l'âge tendre de dix-sept ans (après avoir menti et dit que j'en avais vingt) que j'avais su ce que je souhaitais devenir en grandissant. Il m'avait fallu dix ans pour aiguiser mon art et aller de salon en salon jusqu'à trouver mon foyer à *Montgomery Ink.*

— Si tu en es sûre, dis-je enfin après avoir laissé Kim se détendre légèrement. Alors on va continuer.

Les autres autour de nous parlaient et travaillaient, mais je me concentrais uniquement sur Kim et son tatouage. Je voulais faire du très bon boulot pour elle et afin d'y parvenir, je devais oublier toute distraction et inquiétude.

Une heure passa et je sus que j'en avais fini pour la journée, du moins avec Kim. J'avais besoin de reprendre de l'énergie et je voyais bien que ma cliente commençait à sentir la douleur. Elle était allongée dans la même position depuis des heures, maintenant, et même si elle était policière, tout le monde avait ses limites. Nous avions trouvé la sienne.

— D'accord, ça suffit pour la journée, dis-je en m'asseyant.

J'essayai de ne pas grimacer à cause de mes propres courbatures et douleurs. Je n'avais pas encore trente ans, mais mon corps le sentait. J'allais devoir faire un peu de yoga et des étirements quand je rentrerai pour ne pas me blesser comme d'autres artistes que je connaissais. Heureusement, l'équipe de *Montgomery Ink* était douée pour prendre soin des corps et préserver leur art. Maya avait même envisagé de faire des séances de yoga ensemble, mais j'étais presque sûr qu'Austin rejetterait cette idée. Il y avait d'un côté les activités en groupe, et de l'autre les étirements et grognements en groupe. Ce serait peut-être un peu trop pour nous.

— Je crois que tu as raison, déclara Kim en grimaçant légèrement. J'aimerais qu'on puisse tout faire d'un seul coup, mais je suis presque sûr d'avoir envie d'un bain.

Je haussai les épaules.

— Pas de bain. Tu le sais.

Nous discutâmes des instructions post-tatouages alors que je l'aidais à se lever pour qu'elle puisse voir tout ce qui avait été fait. Le fait qu'elle ait des larmes de joie dans le regard m'indiquait que peu importait la douleur provoquée par le tatouage et le nombre de croquis que je devrais faire plus tard, je ferais exactement ce que je devrais.

Kim prit son prochain rendez-vous avec moi et je retournai à mon poste pour nettoyer. Mon esprit était toujours concentré sur son dessin plutôt que sur ce qui m'entourait, donc il me fallut quelques minutes pour me rendre compte que Callie et Derek essayaient d'attirer mon attention.

Je clignai des paupières et levai les yeux au ciel puisque tous les deux, ils semblaient faire une étrange version de danse irlandaise. Callie avait les mouvements de jambes, mais elle agitait ses bras en l'air comme l'un de ces gars bizarres devant les concessionnaires. Derek bougeait en quelque sorte les pieds, mais c'était presque un mélange entre le two-step et la gigue. Je savais qu'ils pouvaient danser quand ils essayaient vraiment, mais ce qu'ils faisaient actuellement était si ridicule que je ne pus m'empêcher de ricaner.

— Je croyais que tu allais rester dans ta zone *pour toujours*, dit Callie en insistant sur le dernier mot.

Elle donnait donc plus l'impression d'être une adolescente au lieu de la mère de deux enfants qu'elle était. Je n'arrivais toujours pas à réaliser que la femme devant moi avait déjà deux petits et était mariée à un très grand homme musclé. Elle avait environ mon âge, mais elle avait tellement d'énergie… Je ne savais pas comme elle faisait.

— Ça n'a pas duré une éternité, répliqué-je en levant les yeux au ciel avant de recommencer à nettoyer.

Je pouvais me concentrer sur la conversation et finir en même temps, mais apparemment, mon esprit s'était trop focalisé sur ma réflexion quand ils avaient essayé d'attirer mon attention.

—Juste une petite éternité.

Callie arriva à côté de moi et m'aida à faire les dernières stérilisations pendant que Derek s'appuyait contre la paroi qui séparait chaque poste.

— J'ai vu ce que tu as fait sur Kim. C'est vraiment génial. J'ai hâte de voir à quoi ça ressemblera quand tu auras terminé.

— Ouais, tu es assez doué, ajouta Derek en riant. Enfin, j'imagine qu'on peut te qualifier de talentueux ou un truc dans le genre. Mais, bref.

— Ne jette pas ça, Brandon, cria Maya en entrant dans le bâtiment. J'ignore totalement ce que c'est puisque je ne vois pas tes mains, mais je te connais.

Elle fit un clin d'œil en le disant, et je souris.

— Je ne lance des trucs que quand tu ne regardes pas, répondis-je en quittant mon poste. Je pensais que tu restais à la maison aujourd'hui.

Elle haussa les épaules.

—Jake et Border voulaient passer une journée entre mecs avec les enfants, même si j'ai expliqué que le bébé était une fille, contrairement à son grand frère. Mais ils se moquaient de ce que je disais. Alors, au lieu de rester à la maison et de me cacher dans le bureau pendant qu'ils font ce qu'ils font, je me suis dit que j'allais venir pour faire de la paperasse.

— Donc le congé maternité était un fiasco ? demanda Derek en ouvrant les bras pour que Maya puisse l'étreindre.

Je fis la même chose et elle s'appuya contre moi. Nous étions un groupe plutôt soudé et nous nous enlacions constamment. Pour le monde extérieur, une bande de grands gars tatoués et percés qui se montraient affectueux l'un envers l'autre ressemblait probablement à de la fiction, mais personne ne connaissait mes amis. Cela aidait que la femme qui travaillait à *Montgomery Ink* rappelle toujours aux mecs qu'on avait le droit de faire des câlins.

—Je n'ai pas envie d'en parler.

Je jetai un coup d'œil à Maya et elle soupira.

— Maya. Parle à oncle Brandon.

Derek ricana et Callie se contenta de rire, mais ils restèrent tous les deux silencieux, autrement. Je voyais l'inquiétude sur leurs visages pour leur amie, également.

Maya passa un bras autour de son ventre, l'air bien plus vulnérable que jamais. Elle était l'une des femmes les plus solides que je connaissais et elle n'acceptait les remarques de personne. Elle était mariée à *deux* hommes et affrontait le monde comme si quiconque pouvait l'agresser. Pourtant, à ce moment-là, elle n'avait pas dans son regard la force à laquelle j'étais habitué. Cela m'inquiétait.

— C'est juste que je déteste être loin des enfants. Et je hais de ne pas être dans ma boutique. Et si c'était normal de garder constamment des enfants dans un endroit rempli d'aiguilles ou des gens viennent se faire des tatouages et des piercings, je les amènerais. Bon sang, il y a tellement de gamins dans l'équipe ici, on devrait ouvrir une garderie.

Callie passa un bras autour de la taille de Maya.

— D'autres membres de ta famille n'ont pas créé des garderies pour leurs salons ?

Maya acquiesça et Brandon se souvint que Maya avait sept frères et sœurs. Et parce que chaque Montgomery dans le coin semblait avoir procréé au moins une fois ces trois dernières années (parfois deux), beaucoup de bébés avaient besoin d'un endroit sûr où rester la journée pendant que papa et maman travaillaient.

— Ça fonctionnait pour eux, parce qu'ils avaient de la place dans leur bâtiment pour ouvrir une garderie spéciale Montgomery. Et je sais que je pourrais simplement amener les enfants ici. Je l'ai déjà fait par le passé lorsque Jake et Broder ne pouvaient pas être avec eux à cause du boulot, mais ce n'est pas la même chose. Je ne peux pas voir mes bébés et j'en ai envie, mais je dois travailler. Je ne peux même pas dire que je le *dois*, en fait, parce que j'aime mon travail. J'aime bosser ici. Je dois dessiner et m'occuper des rêves des autres, mais j'ai une déprime passagère typique des mères quand je me sens coupable de ne pas être à la maison avec mes petits. C'est stupide, et en même temps je sais que ça ne l'est pas.

Nous fîmes de notre mieux pour apaiser Maya et lui dire que peu importait combien de fois elle laissait sa progéniture avec des baby-sitters extrêmement qualifiées ou ses cousins et les enfants de ses proches amis, cela ne faisait pas d'elle une mauvaise mère. Alors même que je prononçais ces mots, j'aurais aimé pouvoir faire quelque chose afin d'arranger tout ça. À part Derek et moi, tous les autres artistes du salon avaient au moins un enfant. Il y avait eu une explosion de mariages et de naissances, récemment. Curieusement, Derek et moi y avions échappé.

Je n'avais pas d'enfants… je n'avais pas encore

eu cette bénédiction. J'avais passé la dernière décennie, plus ou moins, à sauter de lit en lit avec des hommes ou des femmes, parce que je n'avais pas trouvé la bonne personne. J'avais apprécié ma vie, quand mon seul engagement était envers mon travail. Je n'étais pas encore prêt à m'installer. Je me disais que c'était l'existence typique d'un bisexuel qui n'était pas prêt à passer à la prochaine étape de sa vie.

— Pourquoi ne pourrais-tu pas amener tes enfants ici de temps en temps ?

Ma voix interrompit la conversation des autres et ils se tournèrent pour me regarder.

— Quoi ? demanda Maya.

— Ce n'est pas comme si tu travaillais sur des tatouages vingt-quatre heures sur vingt-quatre dans ce bâtiment. Ce n'est le cas de personne. Certains jours, on est juste là pour faire des croquis ou bosser à l'accueil si Autumn n'est pas là.

Autumn était l'une des belles-sœurs de Maya qui travaillait à la réception et prenait les rendez-vous quand le reste de l'équipe était trop occupé.

— Et je ne dis pas que tout le monde devrait venir avec ses enfants, mais Maya, tu es propriétaire de cet endroit. Les jours où tu ne t'occupes que de la paperasse et que tu as l'impression de pouvoir le faire tout en tenant tes petits… pourquoi ne pas amener le bébé ? Je sais que ton grand garçon a sans doute besoin d'un peu plus d'espace pour s'étaler et que la garde par d'autres membres de ta famille est probablement la meilleure option dans ce cas-là. Mais moi, personnellement, je ne vais pas t'empêcher d'amener ton enfant. Et si tu as besoin d'un moment où tu ne peux pas le prendre dans tes bras, je suis presque sûr qu'il y a suffisamment de paires de mains ici pour porter ton adorable bébé.

Les yeux de Maya s'emplirent de larmes et je me raidis, inquiet à l'idée de l'avoir contrariée. Non seulement il était dangereux pour moi de la mettre en colère puisqu'elle pouvait me virer, mais elle était également mariée à deux très grands hommes qui pouvaient me baiser sans même cligner des yeux. Et pas dans le sens sympa du terme.

— C'est si mignon, Brandon. Peut-être que j'amènerai le bébé. Ce n'est pas comme si on avait besoin d'ouvrir une vraie garderie. Non seulement on n'a pas l'espace, mais que les enfants restent à *Montgomery Inc.* c'est une meilleure solution sur le long terme. Comme ça, ils ne grandissent pas seuls. C'est juste que la séparation, ça craint.

— Tu n'es pas seule, lui dit Callie en l'enlaçant.

— Tu te rends compte du nombre de fois où

Hailey et moi avons voulu amener Oliver avec nous ?

Sloane était marié à la propriétaire du café voisin et ils avaient récemment adopté un fils, Oliver.

— Ça nous aide à le supporter lorsqu'on se dit qu'il passe la journée à traîner avec d'autres enfants quand il n'est pas dans nos bras.

Ils commencèrent tous à parler des différentes étapes importantes dans la vie de leurs enfants et je me perdis légèrement dans mes pensées. Peu de temps après, Derek et moi repartîmes vers nos postes pour travailler. C'était étrange de songer que j'étais curieusement en retard par rapport à mes amis et aux événements qui marquaient leur vie. Quand j'avais démarré dans ce salon, tout le monde était célibataire. Puis Austin avait épousé Sierra, Maya avait épousé Jake et Border, Callie avait épousé Morgan, Sloane avait épousé Hailey, Blake avait épousé Graham, le frère de Jake, et même notre nouvelle recrue, Jax s'était marié avec sa copine, Ashlynn.

Même si j'avais eu le sentiment que Jax ne serait pas le dernier à marcher jusqu'à l'autel, ou du moins à prendre un engagement. Derek agissait bizarrement, depuis peu. Il s'était montré secret et peu importait à quel point mon ami essayait de cacher ce qu'il se passait, je *savais* que ça avait un rapport avec une femme. Une seule chose au monde pouvait mettre cette expression sur le visage de mon ami. Cela devait être la personne qu'il n'évoquait jamais.

Bien sûr, je ne pouvais pas vraiment en parler à mon collègue parce que je n'aimais pas être indiscret quand il s'agissait de relations ou de cœurs brisés. J'avais moi-même caché mes sentiments pendant si longtemps que ce n'était pas étonnant si les autres pensaient que je ne prenais rien au sérieux à part mon art. Curieusement, j'étais celui vers qui on venait pour des conseils sur les relations, ainsi que Derek. Pourtant aucun de nous n'était honnête sur ceux qu'il aimait et avait perdu. Je ne connaissais pas les secrets de Derek, mais lorsqu'il ignorait que je regardais, je voyais la même chose sur son visage que ce que je dissimulais aux autres.

Mais j'en avais assez de penser à ça. Je n'avais pas songé à Lauren et à son départ sans un mot depuis longtemps. J'avais presque oublié à quoi elle ressemblait. Et *ça*, c'était un véritable mensonge. Je n'oublierai jamais la chaleur dans son regard. Les longs cheveux châtains qui glissaient sur mon corps quand elle me prenait en elle. Je n'oublierai jamais la sensation de l'avoir à côté de moi, ou la place qu'elle occupait dans mon cœur. Jusqu'à ma mort.

Et parce que je n'aimais plus penser à de telles choses, et que je n'aimais pas les sentiments qui venaient avec quand j'ignorais où elle était ou ce qu'elle faisait, je sortis mon carnet à croquis et commençai à dessiner. C'était plus facile de se perdre dans le travail que dans les souvenirs. Du moins, c'était ce que je m'étais dit quand j'avais passé les six dernières années à devenir l'artiste que j'étais maintenant. Les autres s'étaient remis au boulot, leurs clients arrivant pour leurs rendez-vous tandis que Maya retournait dans son bureau pour s'occuper de la paperasse.

J'étais tellement concentré sur mon dessin que je n'entendis pas la cloche sonner au-dessus de la porte jusqu'à percevoir une voix familière qui aurait dû être enfermée dans ma mémoire plutôt que d'être juste en face de moi.

Je me figeai, mon estomac se serrant et mon dos se raidissant comme si quelqu'un avait déchiré ma peau et arraché ma colonne vertébrale.

Ça ne pouvait pas être le cas. Après toutes ces années, ça ne *pouvait pas* être elle. Peut-être que je pensais simplement à elle. J'avais fait apparaître sa voix de nulle part. Parce qu'il était impossible que l'amour perdu de ma vie, ma Lauren, soit ici.

Mais alors que je levai les yeux vers la réception, où Derek parlait à une belle femme avec de longs cheveux châtains, je sus que je n'imaginais rien.

Mon passé était revenu et au lieu de me fuir, de me cacher ou de dire quelque chose qui pouvait arranger la situation, je grognai :

— Qu'est-ce que tu fais là, Lauren ?

Je n'avais pas voulu dire ça. Je n'avais pas eu envie de me comporter en salaud, mais, apparemment, voir l'amour de sa vie qui fuyait sans un mot après un événement qui aurait dû rapprocher votre couple foutait totalement en l'air votre côté gentil garçon.

— Toi. Tu es là.

Elle souffla ces mots plutôt que de les prononcer réellement, et j'eus le sentiment qu'elle ignorait que je me trouverais là. Son visage devint si pâle que je jurais qu'il ne restait plus une trace de sang dedans.

L'endroit était maintenant silencieux, et Derek regarda entre nous deux, essayant vraisemblablement de découvrir ce qu'il se passait. Ce n'était pas comme si je pouvais l'aider parce que je n'en savais rien non plus.

— Tu es ici.

Elle cligna des yeux, ouvrit la bouche pour dire quelque chose, puis fit la chose pour laquelle elle avait toujours été douée. Elle fuit.

Cette fois-ci, j'effectuai le geste que j'aurais dû faire toutes ces années auparavant… Je la suivis.

Chapitre 2

LAUREN

JE NE POUVAIS REPRENDRE ma respiration. Pourquoi ? Il ne devrait pas m'affecter de cette façon. Cela faisait des années. Pourquoi n'arrivais-je pas à reprendre mon souffle ?

Je fuis le salon de tatouage comme si les chiens de l'enfer étaient à mes trousses, pourtant j'ignorais totalement la raison. Je n'étais plus cette jeune femme perdue. Je n'aurais pas dû courir. Mais je ne m'étais pas du tout attendu à le voir, à ce que cette explosion de mon passé me souffle au visage, comme si le temps ne s'était pas du tout écoulé.

Pourtant, tout avait changé depuis la dernière fois que je l'avais vu, mon cœur dans ses mains et les larmes coulant sur mon visage. Je n'étais plus la même femme. Et d'après les marques autour de ses yeux, je savais qu'il n'était plus le même homme non plus. Alors que je pensais aux mots *homme* et *femme*, je ne pus m'empêcher de songer que nous étions plus un garçon et une fille à l'époque. N'ayant que la vingtaine, nous avions pris de grandes décisions et nous étions tombés amoureux même quand on ne comprenait pas les profondeurs de l'horreur et des complications du véritable monde qui faisaient de nous des adultes. La pire partie de nos vies nous était revenue en plein visage à un jeune âge, mais nous n'étions toujours pas si vieux.

Je n'avais couru que sur un pâté de maisons avant de ralentir, me rendant compte que les gens me fixaient. J'agissais comme une folle. Nous étions peut-être au centre-ville de Denver, où les habitants couraient pour prendre le bus ou même aller à Starbucks, ce n'était rien de nouveau, mais j'avais le sentiment que l'expression sur mon visage n'avait rien à voir avec un retard et ressemblait plus à une fuite.

Une main se serra sur mon épaule et je me figeai, mon corps se précipitant. J'aurais dû savoir qu'il me suivrait. Il l'aurait également fait auparavant si je lui en avais donné la chance. Mais j'avais été si effrayée que je ne l'y avais pas autorisé. À présent, je savais que je devais me comporter en adulte et me tourner pour faire face au garçon que j'avais abandonné, celui qui était maintenant l'homme que j'aurais cru ne jamais revoir.

— Lauren.

Je connaissais cette voix grave. Je l'avais entendue chuchoter à mon oreille et crier mon nom encore et encore et encore. J'avais entendu cette voix essayer de m'apaiser quand je me brisais, et plaisanter que je grandissais. J'en étais tombée amoureuse, tout comme de celui à qui elle était rattachée. Pourtant, je n'étais pas sûre de pouvoir le regarder en face.

Néanmoins, je n'étais plus cette jeune femme terrorisée. Je roulai donc mes épaules en arrière, repoussant sa main en même temps, et je me retournai pour voir le garçon auquel j'avais renoncé. C'était étrange que je l'appelle de cette façon, avec des noms qui avaient un sens et qui, pourtant, n'englobaient pas totalement l'individu qu'il était ou la personne qu'il avait été. Dans ma tête, je ne pouvais lui donner un qualificatif qui avait plus de sens. Je devais être forte. J'avais traversé l'enfer et j'en étais revenue. Je pouvais utiliser un nom. Il y avait du pouvoir là-dedans et je pouvais le maîtriser.

— Brandon.

Il avait l'air légèrement différent de la dernière fois que je l'avais vu, avant d'entrer dans ce salon de tatouage plus tôt, mais il avait toujours le même air que la personne que j'avais un jour connu. Ses cheveux étaient plus longs, effleurant presque ses épaules, désormais, avec ces mèches naturelles que j'avais un jour convoitées. Sérieusement, comment un homme pouvait-il être si mignon et si sexy en même temps ? Il était mince, mais tout en muscle. Je pouvais voir des tatouages sur son bras droit, mais aucun à gauche. En fait, je n'en voyais pas beaucoup, ce qui ne changeait pas vraiment d'avant. Étant donné son travail, j'aurais cru qu'il s'en serait fait d'autres, depuis.

— Lauren, tu es ici.

Ses mots faisaient écho aux miens, quand je l'avais vu et que j'avais ignoré ce que je pouvais bien dire. Je savais qu'il devait être dans le même bateau. Confus et pourtant rejeté dans un passé que nous ne pouvions nier. Il s'éclaircit la gorge et je ne pus m'empêcher de regarder son visage. Il m'avait manqué, plus que je ne voulais bien l'admettre.

— Honnêtement, je n'arrive pas à croire que tu sois en face de moi. Comment m'as-tu trouvé ? Ou peut-être que c'est un peu trop égoïste. C'est juste une coïncidence, si tu es de retour à Denver, devant moi, après avoir fui l'endroit où je travaille ? Je devrais dire : qu'est-ce que tu fais ici ? Comment vas-tu ? Où diable étais-tu partie ?

Je secouai la tête.

— Je ne savais pas que tu serais là. J'avais entendu de bons échos sur cet endroit et je voulais y aller pour prendre un rendez-vous, si je trouvais le courage de le faire. Je ne savais vraiment pas que tu bossais ici. Et pour tout ce que tu as demandé ? Être plantée au coin d'une rue où les gens nous regardent en passant n'est peut-être pas la meilleure manière d'avoir cette conversation. Et parce que je suis toujours choquée de t'avoir croisé, je ne sais même pas si nous devrions avoir cette conversation, déjà. Ça fait longtemps qu'on ne s'est pas vu, Brandon. Peut-être qu'on doit laisser le passé où il devrait être : dans le passé.

La mâchoire de Brandon se serra, mais je restai sur place, ne voulant pas interrompre ce moment, ne souhaitant pas reculer non plus. J'étais dans un état étrange, où le passé et le présent se mêlaient sans que j'aie aucune idée de ce qu'il se produirait une fois que le sort se briserait et que je me retrouvais dans la ville que j'avais désertée, à m'interroger sur la prochaine étape.

— Viens chez moi. Ce n'est qu'à deux pâtés de maisons, même pas. Je mérite des réponses, Lauren. Oui, ça fait longtemps, mais tu es partie sans un mot. Et je veux savoir ce que j'ai fait. Je veux savoir pourquoi tu m'as quitté sans un mot. Ne méprise pas le lien que nous avions et ne le rejette pas en disant que je ne mérite pas de réponses. Parce qu'elles auraient dû me parvenir depuis belle lurette, Lauren. Je t'ai aimé. Et je mérite de savoir pourquoi tu ne m'affectionnais pas suffisamment pour rester.

Les larmes me picotaient les yeux et je déglutis difficilement. J'avais conscience que je lui avais fait mal. Mais nous étions si jeunes. Il y avait cependant deux choses que j'étais incapable de lui avouer. Peut-être qu'il avait raison, peut-être qu'il était temps pour moi de m'ouvrir et de dire les mots que j'avais eu si peur de prononcer. Mais il avait également tort. Je l'avais adoré, suffisamment pour partir. Je l'avais aimé plus que je ne l'aurais cru possible et c'était la raison pour laquelle je n'étais pas resté. Néanmoins, j'ignorais comment j'allais lui expliquer. Je pouvais à peine me l'expliquer à moi-même et même si c'était fou de lui suivre jusqu'à son appartement après ne pas l'avoir vu depuis un bail, je savais qu'il méritait cette conversation. Et je ne voulais pas l'avoir en public. Parce que j'avais le sentiment que je ne l'achèverais pas sans laisser couler quelques larmes et faire quelques crises. Je ne m'étais pas encore effondrée, et Brandon méritait plus que ce silence de plomb.

— D'accord. Je vais venir avec toi. Parce que tu as raison, nous devons parler.

Je n'ai jamais été du genre à croire au destin. Non… ce n'était peut-être pas vrai. J'y croyais davantage quand j'étais une petite fille qui imaginait les fées, les chaudrons d'or au bout des arcs-en-ciel et le père Noël. Mais je n'étais pas certaine de pouvoir croire au destin divin qui me ferait traverser tout ce que j'avais vécu.

— Tu as rapidement changé d'avis, mais je ne vais pas prendre ça pour acquis, m'asseoir ici et attendre que tu changes à nouveau d'avis. Alors, c'est parti. Allons-y.

Il tendit la main et après un moment d'hésitation, je la saisis, au fait que cette action transformerait peut-être ma vie pour toujours. Mais comme tout ce qui avait un rapport avec Brandon, je savais que le changement était inévitable.

— Tu ne dois pas retourner au travail ? Ils ne vont pas se demander pourquoi tu es sorti en courant pour me suivre ? Je tenais encore sa main quand il me guida au travers des deux pâtés de maisons vers son immeuble. C'était l'une de ces zones rénovées que Denver venait juste d'ajouter à son horizon. Ce bâtiment n'existait pas lorsque j'habitais près de cette ville. Je ne me souvenais pas exactement de ce qui était là auparavant, mais ce quartier était probablement l'un de ceux qui s'effondrait, sans valeur historique à part son âge. Denver faisait de son mieux pour tenter de sauver tout ce qu'il y avait d'ancien dans la ville, mais parfois, les fondations n'étaient simplement pas bonnes. J'essayais de faire en sorte que ce fil de pensées n'ait aucune symbolique par rapport à ce que j'allais avouer à Brandon. Mais, de temps à autre, la vie visait un peu trop dans le mille.

— Je leur enverrai un message quand on arrivera à l'étage. S'ils ne m'ont pas suivi, ils ont dû comprendre ce que je faisais. Je suis sûr qu'ils nous observaient par la vitrine et qu'ils m'ont vu te parler. Ce sont mes amis, c'est ce que nous faisons.

J'acquiesçai, même si je ne comprenais pas vraiment. Je n'avais plus ce genre d'amis, pas avec tous les déménagements et la guérison dont j'avais dû faire l'expérience récemment. Mais tout ça allait bientôt changer, bon sang. Parce que j'étais de retour en ville et j'allais m'enraciner ici, me faire des amis et commencer une nouvelle vie où je n'avais pas peur que tout me revienne brusquement en pleine tête. Et pour débuter, j'allais affronter l'homme que j'avais un jour aimé, et j'allais essayer d'expliquer pourquoi je l'avais fui non pas une seule fois, mais deux.

Nous entrâmes dans son appartement au cinquième étage, mais j'étais tellement nerveuse que je n'observais pas vraiment à quoi il ressemblait. Je croyais que si j'arrivais à dévoiler tout ce que j'avais à dire, je serais alors capable de voir comment ses styles et ses goûts décoratifs avaient changé au fil des ans.

Brandon se tenait devant moi, comme s'il n'était pas sûr de savoir quoi faire avec ses mains. Je ne le lui reprochais pas parce que même si j'avais peur et que je ne voulais rien de plus que de me cacher, j'avais également envie de me pencher vers lui et de me plonger dans son odeur terreuse pour ne plus jamais le lâcher. L'attirance et l'appétit sexuel n'avaient jamais été un problème entre nous, et étant donné la chaleur dans son regard, j'avais l'impression que je n'étais pas le seul à penser ça.

— Il faut que je te dise certaines choses. Il faut que... je *fasse* beaucoup de choses.

Brandon prit mon visage en coupe et je me

léchai les lèvres, les souvenirs de l'ultime fois qu'il m'avait touchée, de la dernière fois qu'il m'avait tenue dans ses bras me parvinrent brusquement en tête. Sa main était si grande et chaude sur ma peau. Il me donnait l'impression de pouvoir balayer toutes mes inquiétudes avec un seul contact. De pouvoir me protéger face à tout ce qui pouvait nous tomber dessus. Je savais que ce n'était pas le cas, et peu importait à quel point nous étions forts, de mauvaises choses nous arrivaient quand même, mais uniquement avec son contact et dans ses bras, je pouvais croire à l'impossible.

— Je sais que nous devrions parler, mais tout ce dont j'ai envie, c'est de t'embrasser. C'est mal ? Mon Dieu, Lauren, ça fait six ans. Nous sommes différents. Pourtant, tout ce que je peux faire c'est essayer de m'empêcher d'écraser ma bouche contre la tienne pour te goûter à nouveau. C'est stupide. Nous avons besoin de parler, nous avons besoin de découvrir exactement ce qu'il s'est passé, et j'ai conscience que tu viens de me dire que tu avais des choses à m'avouer. Bon sang, c'est mon cas aussi. Mais s'il te plaît, laisse-moi t'embrasser. C'est comme si aucune année ne s'était écoulée, et en même temps, comme si tout le temps du monde était passé. Laisse-moi t'embrasser, Laurent. Laisse-moi encore t'embrasser sur les lèvres. Même si c'est pour la dernière fois. Accorde-moi ce droit, cette chance. Laisse-moi t'embrasser.

Et parce que je ne pouvais rien lui refuser, pas même la vérité, plus maintenant, j'ouvris la bouche pour répondre :

— Oui. Embrasse-moi.

Brandon appuya ses lèvres contre les miennes et je me perdis. Je me rappelai immédiatement notre premier baiser, la première fois que nous nous étions vus et que nous nous étions souri sous la lune déclinante lors de notre premier rencard. J'étais si nerveuse, si jeune et un peu hésitante, mais dans les bras de Brandon, je m'étais constamment sentie en sécurité et protégée. Notre premier baiser avait été tâtonnant, puis il était devenu quelque chose de plus passionné, de plus torride. Cela nous avait pris quelques mois avant de coucher ensemble pour la première fois, parce que Brandon avait toujours pris soin de moi. Mais je pouvais toujours goûter notre premier baiser. Et alors qu'il appuyait sa bouche contre moi, notre premier baiser, notre prochain baiser et notre dernier baiser s'écrasèrent en moi. Je sus que le fuir à nouveau ne serait plus une option. Cela n'avait aucun sens pour moi, après six ans de séparation, qu'un seul baiser puisse changer tout ça, mais cela s'était systématiquement passé ainsi avec Brandon. Je ne croyais peut-être pas au destin, mais j'avais un jour cru dans l'idée que deux âmes pouvaient être enchevêtrées pour toujours et s'enrouler l'une autour de l'autre d'une telle manière que la distance et le temps ne pouvaient les diviser. Et aussi romantique que cela fût, toute cette tragédie poétique me donnait envie de pleurer.

Toutefois, alors que toutes ces idées tourbillonnaient infiniment dans mon esprit, je pouvais encore goûter Brandon sur mes lèvres et ma langue. Il prit mon visage en coupe, inclina ma tête sur le côté et j'entrouvris ma bouche pour lui. Sa langue s'emmêla avec la mienne et je gémis. Il était Brandon, exquis et délicieux. Un jour, il avait été à moi.

Le baiser s'approfondit et nos corps s'appuyèrent l'un contre l'autre, la longue ligne de son érection s'enfonçant dans ma hanche. Une part de moi ne voulait rien de plus que de continuer et de l'emmener dans sa chambre, pour qu'on se débarrasse de nos vêtements et fasse l'amour comme si le temps ne s'était pas du tout écoulé. Comme si mon corps et mon âme n'avaient pas été abîmés. Mais ce n'était pas le cas. J'avais peut-être guéri d'une certaine façon, mais afin de garder ma force, je devais reculer et avouer la vérité à Brandon. Je n'avais pas honte, plus maintenant, mais les choses devaient tout de même être dites.

Donc je fis un pas en arrière et posai mes mains sur les siennes afin de pouvoir les baisser loin de mon visage. Ses lèvres étaient gonflées, ses yeux sombres et j'avais conscience que si je le laissais faire, il continuerait de m'embrasser jusqu'à ce que nous soyons tous les deux essoufflés. Et parce que je savais que c'était inévitable, je n'avançai pas.

— Ça m'avait manqué. Tu m'avais manqué.

Brandon enfonça ses mains dans ses poches comme s'il n'était pas sûr de ce qu'il devait faire avec. Je ne lui en voulais pas. Si j'avais eu des poches dans mon legging, j'aurais fait la même chose.

Nous restâmes, gênés, l'un en face de l'autre, son goût sur ma langue, ma joue toujours chaude à son contact et le passé tel un océan entre nous, même si seuls quinze centimètres nous séparaient.

— Pourquoi es-tu partie ?

Brandon ne m'avait pas donné l'occasion de lui dire qu'il m'avait également manqué, mais ce n'était pas grave. Je n'étais pas certaine de pouvoir lui avouer tout ça sans me briser. Ce n'était pas comme si je pouvais achever cette journée sans pleurer, de toute façon.

— Ce n'était pas à cause de moi, n'est-ce pas ? Ce n'était pas parce que nous pensions avoir perdu le bébé ?

Je restai planté là, une larme coulant sur ma joue alors que j'entendais l'homme que j'avais un jour aimé, que j'aimais probablement encore toujours, me dire ce qui avait été l'une de ses plus grandes peurs. Parce qu'envisager cette hypothèse était l'une de mes plus grosses craintes.

J'avais brisé quelque chose en nous parce que j'avais été terrorisée et même si je ne me pardonnais jamais pour ça, ce qui empirait la situation, c'était que j'avais fait du mal à la personne en face de moi. Et il était maintenant temps que je lui dise pourquoi. Peu en importait le coût.

– JE NE SUIS PAS partie à cause de toi. Je ne suis pas partie parce qu'on pensait avoir perdu le bébé.

Je savais que peu importait ce que je lui disais aujourd'hui, c'était la première chose que je devais affirmer. Nous avons été effrayés, ensemble, jeunes et peut-être un peu stupides. Mais nous étions ensemble. Et quand j'avais fui, ce n'était pas à cause de ce que nous avions vécu, mais plutôt de ce que j'avais refusé de lui faire subir.

Et même si j'aurais probablement dû répéter ce que je prévoyais de lui dire, je me retrouvai soudain à court de mots.

Brandon se tenait devant moi, ne me touchant pas, mais étant si proche que je pouvais sentir sa chaleur.

— C'est ce que tu dis, mais je ne sais pas si je peux te croire. On avait si peur, et en même temps on était si *enthousiastes* à l'idée de devenir parents, même si on était bien trop jeunes pour comprendre ce que ça signifiait. Le fait que tu ne sois pas enceinte, finalement, nous a tous les deux fait vriller. Tu as disparu juste après ça et je n'ai pas pu m'empêcher de songer que c'était lié.

Je secouai la tête, mes poings serrés devant moi.

— Non, ce n'était pas ça.

Je soupirai, essayant de rassembler mes pensées.

— Je ne t'ai pas quitté sans un mot, tu le sais.

Cela faisait peut-être six ans, mais je pouvais au moins me rappeler la façon dont j'étais partie.

Il souffla, même si ses épaules étaient visiblement tendues.

— Je me souviens. Je me souviens que tu étais effrayée par la grossesse au point qu'on a presque arrêté de parler. L'instant suivant, j'ai eu le sentiment que tu déménagerais avec tes parents, même si tu étais à l'université. Tu es parti, Lauren.

— Ça ne s'est pas du tout passé comme ça et tu le sais. Quand on a cru que j'étais enceinte et qu'il s'est avéré que ce n'était pas le cas, on a dérivé. Peut-être qu'on aurait dû parler davantage ou qu'on aurait simplement dû agir tels les adultes qu'on pensait être, mais on ne l'a pas fait. Tu t'es éloigné autant que moi. Ne reste pas planté là à faire comme si c'était moi qui étais partie en premier.

Brandon plissa les yeux.

— Je t'aimais, Lauren. Oui, j'avais peur et j'étais un peu déçu parce qu'on n'allait pas avoir d'enfant, même si je savais que ce n'était pas le bon moment, mais je t'aimais quand même. Je t'ai offert l'espace dont tu avais besoin. Je n'ai pas fui. Je te laissai juste de la place.

Je me mordis la lèvre inférieure.

— Je le sais, maintenant. Mais pas à ce moment-là. Je pensais que tu fuyais, car tu étais aussi terrorisé que moi. Je croyais que tu t'éloignais parce que tu t'étais rendu compte qu'avoir ce genre de connexion, c'était comme porter un boulet et une chaîne et que ce serait trop. En y réfléchissant, je sais que ma réaction était disproportionnée, mais je devais gérer beaucoup d'autres choses. Plus que je l'imaginais à ce moment.

Il passa une main dans ses longs cheveux et se renfrogna.

— De quoi parles-tu ? Tu n'arrêtes pas de faire de vagues références que je ne comprends pas. Si tu me dis que tu n'as pas quitté la ville après notre dernière conversation à cause du bébé, alors, pourquoi ?

Je me souvenais encore du jour où je m'étais tenue devant lui, deux semaines après avoir découvert que je n'étais pas enceinte. J'étais si effrayée, mais pas pour les raisons qu'il imaginait à l'époque. Pas pour les raisons qu'il imaginait même à présent. J'ai supposé que, selon lui, j'étais déjà trop à gérer pour lui, trop difficile, donc j'ai dit que j'avais besoin de temps pour réfléchir et j'ai fait exactement ce qu'il a perçu. J'ai fui. Mais maintenant, je devais lui expliquer que ce n'était pas *lui* que j'avais fui. J'échappais plutôt aux circonstances qui m'avaient menée ici, aujourd'hui.

— Je devais partir.

Je roulai mes épaules en arrière, croisant son regard.

— Ma famille avait besoin que je parte avec eux quand ils ont déménagé pour le travail de mon père, parce que je ne pouvais pas être seule. Pas avec toutes les visites chez le médecin et les opérations dont j'avais besoin à l'époque.

Voilà, j'en avais dit une partie. Ce n'était pas plus facile pour mon estomac, mais au moins, j'avais déclaré autre chose que « désolé d'avoir brisé nos deux cœurs ».

Il écarquilla les yeux et fit un pas en avant, ses doigts effleurant la peau de mon avant-bras.

— De quoi parles-tu ? Les opérations ? Les visites chez le médecin ? Que s'est-il passé, Lauren ?

— Il s'avère que la peur de la grossesse était un symptôme. Toi et moi, on a découvert qu'on n'attendait pas d'enfant parce qu'on a fait quoi ? Cinq tests de grossesse à la maison. Ils étaient tous négatifs et j'ai eu mes règles juste après. Mais elles étaient plus douloureuses que d'habitude et n'ont duré que deux jours.

— Je me rappelle que tu as toujours eu des problèmes de cycle. C'est pour ça que tu prenais une pilule avant qu'on se rencontre. Que s'est-il passé, Lauren ? répéta-t-il.

Dévoiler mon âme à n'importe qui était difficile. Ça l'était encore plus de la dévoiler à l'homme à qui j'avais fait du mal parce que j'avais eu peur que ma vie devienne une agonie. Néanmoins, il méritait la vérité et je n'étais plus malade, donc peut-être que le destin avait décidé que c'était le moment où je devais lui avouer.

— J'ai eu un cancer des ovaires. Je n'avais que vingt-deux ans et même mes médecins étaient surpris de sa virulence.

Si je fermais les yeux, je pouvais encore sentir la

piqûre des aiguilles dans ma peau alors qu'ils effectuaient test après test pour découvrir comment une jeune adulte en bonne santé pouvait avoir un corps qui essayait de la tuer. Car on n'était pas censé avoir un cancer à vingt-deux ans. Des cancers ovariens, des cancers du sein, toutes ces choses devaient arriver aux dames plus âgées qui devaient passer des examens, des mammographies et tous ces autres trucs une année sur deux parce que cela pouvait apparaître n'importe quand. Et avoir une tumeur dans cette partie qui, je l'avais pensé un jour, faisait de moi une femme, surtout que j'avais cru que peut-être je pouvais être mère, m'avait fait tourner hors de mon axe. Depuis, j'avais appris ce que cela signifiait d'être femme, ce que mon corps disait sur moi, mais à vingt-deux ans, en étant une jeune adulte couvée en plus, mon univers avait paru s'écraser sur moi.

Et j'ignorais comment l'expliquer à l'homme en face de moi. Parce qu'il avait vu en moi, il avait touché mon âme à un moment, et pourtant l'étincelle n'était plus là. Je n'étais plus la même qu'avant. Et bien qu'à un certain niveau, je le comprenais, je ne savais pas si lui le pouvait.

Avant que je puisse ouvrir ma bouche et dire autre chose, les bras de Brandon se retrouvèrent autour de moi, me serrant contre lui. Il passa ses mains musclées dans mes cheveux, le long de mon dos et se cramponna à moi. Il embrassa le sommet de mon crâne, ma tempe, ma joue et murmura des mots doux que j'avais déjà entendus de sa part. Mais je ne les comprenais plus, maintenant, parce que tout ce que je pouvais faire, c'était de m'immerger dans son contact en passant mes bras autour de sa taille. J'avais ressenti ça auparavant, je m'en souvenais. Ses bras et son toucher me donnaient l'impression d'être à la maison, à un point que je n'aurais jamais imaginé nécessaire. Je m'étais toujours sentie en sécurité avec lui, comme si mon centre de gravité se déplaçait vers lui. J'avais oublié ça. J'avais oublié ce qu'on éprouvait quand on était tenu par un homme qui tenait réellement à nous, un homme qui s'offrait tout entier pour ceux qu'il aimait.

J'avais oublié, mais à ce contact, tout me revint avec force.

— Tu es en bonne santé, maintenant ? Ou peut-être que c'est une question trop personnelle, mais j'ai besoin de savoir. Tu vas bien, Lauren ? Bon sang, j'aurais aimé être là pour t'aider à traverser tout ça. Et voilà que je parle comme si ta maladie avait un rapport avec moi plutôt que d'être quelque chose de très intime. Je suis tellement désolé, chérie.

Je le laissai me tenir contre lui encore un moment avant de reculer pour le regarder dans les yeux. Il garda sa main sur la mienne et ça ne me dérangeait pas. J'avais besoin de cet ancrage et je savais que lui aussi surtout parce que j'avais conscience que je n'en avais pas fini.

— Je suis en rémission, maintenant. Mais c'était vraiment horrible à l'époque. Quand tu croyais que j'étais en train de te fuir parce que tu avais peur d'être père, je découvrais que j'avais un cancer qui essayait de prendre ma vie. Ma mère est allée avec moi chez le médecin, ce jour-là, car elle n'aimait pas que j'aie l'air si pâle et même si j'étais en âge d'être considérée comme une adulte, j'étais heureuse qu'elle soit avec moi. J'avais un cancer ovarien de stade trois, ce qui est comme une condamnation à mort dans certains cas. Mais parce que j'étais jeune et en bonne santé sur tous les autres plans, ils ont pu traiter agressivement la tumeur. Mes parents prévoyaient déjà de déménager à Seattle à cause du travail de mon père et même s'il y avait d'excellents praticiens, ici, l'élite qui aurait pu m'aider, il y avait encore un meilleur oncologiste là-bas. Alors je suis partie avec mes parents. J'ai délaissé la maison dans laquelle j'avais grandi, celle que j'avais bâtie pour moi une fois que je quitterai le cocon, ainsi que la ville qui avait été la mienne pour emménager dans la nouvelle demeure de mes parents. Ça n'était pas facile, et je savais qu'en fin de compte, ce n'était pas seulement toi, que je fuyais, mais aussi la fille que j'étais quand je pensais avoir ce futur devant moi. Mais je crois que c'est ce que je devais faire. Je suis juste désolée de t'avoir fait du mal par la même occasion.

Il secoua la tête et prit à nouveau mon visage en coupe.

— Comment aurais-tu pu penser à moi pendant toute cette épreuve ? Oui, une partie de moi est toujours en colère de ne pas avoir pu être présent pour toi et, curieusement, tu ne m'as pas fait confiance sur le fait que je pouvais être fort pour toi, mais cette partie-là doit s'en aller. Parce que ta maladie n'avait rien à voir avec moi. Et je suis désolé pour tout. Mais tu vas bien, maintenant ? N'est-ce pas ?

— Comme je te l'ai dit, je suis en rémission. Mais ça ne s'est pas fait sans sacrifices.

Un sacrifice terrible avec lequel j'apprenais désormais à vivre. Je devais juste me rappeler que je n'étais plus la même femme qu'auparavant et que c'était une bonne chose quand on songeait à la force dans mon corps et dans mes veines.

— J'ai subi une hystérectomie totale à l'âge de vingt-deux ans, donc j'ai eu une ménopause prématurée. En plus de toute la chimiothérapie, des radiations, des piqûres d'aiguille et des palpations pour s'assurer que je vivrais, j'ai aussi perdu une part de moi sur laquelle je pensais pouvoir me reposer pour comprendre qui j'étais.

— Et tu l'as subi toute seule. J'ai toujours su que tu étais forte, Lauren. Mais j'ignorais à quel point.

Il passa son pouce sur ma pommette, mais je ne me penchai pas contre sa main.

Il n'était plus à moi et nous n'étions plus les mêmes. Je ne connaissais pas cet homme et il commençait tout juste à apprendre qui j'étais.

— Je n'étais pas seule. J'avais mes parents. Oui, peut-être que j'aurais dû t'appeler pour te dire quand et pourquoi j'avais quitté la ville. Mais j'étais tellement focalisée sur l'avenir devant moi, sur ma peur, que je ne trouvais pas la force de le faire. J'étais jeune et tellement effrayée à l'idée de mourir que je ne voulais pas t'attirer dans cet aspect de ma vie. C'était peut-être égoïste, mais je pensais que tu trouverais quelqu'un d'autre dont tu pouvais tomber amoureux et avec qui tu aurais une vie sans avoir à t'inquiéter d'une femme qui mourait littéralement de l'intérieur.

— Nom de Dieu, Lauren. Comment as-tu pu imaginer que j'allais te fuir en apprenant que tu étais malade ? J'aurais été à tes côtés, quoi qu'il se soit passé. Je t'aurais aidé à traverser tout ça. On était peut-être jeunes, mais pas tant que ça. J'étais prêt à construire ma vie avec toi, une famille, et je serais resté à tes côtés si tu avais eu besoin de moi. Je suis simplement désolé de ne pas t'avoir donné l'impression d'être un homme qui pouvait faire ça pour toi.

Je secouai la tête, quittant son étreinte pour essayer de remettre de l'ordre dans mes pensées.

— Comme je l'ai dit, j'étais jeune, terrorisée et probablement un peu stupide, aussi. Je ne suis plus jeune ni effrayée. Mais je ne suis plus la même femme, non plus. On nous apprend quand on est petit qu'on ne peut pas être entier si on n'est pas *physiquement* intègre. J'ai appris le contraire. On enseigne aux filles qu'elles ne seront pas de vraies femmes si elles ne conçoivent pas d'enfants tôt et ne sont pas une mère parfaite. Et j'ai passé d'innombrables heures à essayer de découvrir exactement comment rendre cette idée mensongère.

— Avoir un utérus ne fait pas de toi une femme,

Lauren. Et je sais que ça semble idiot venant d'un homme, mais je ne sais pas quoi dire d'autre excepté que je ne te vois pas différemment malgré l'enfer que tu as traversé. Non, c'est faux, je te vois plus forte que tu ne l'étais, alors que je te considérais déjà comme une guerrière.

Je ne pus m'empêcher de sourire à ses mots. Mais je savais que l'expression ne se reflétait pas dans mon regard.

— Je le sais. Je sais que je suis toujours une femme même si j'ai subi une hystérectomie trop jeune. Je sais que je suis toujours une femme même si je ne peux pas avoir d'enfants. Et je sais qu'il y a bien d'autres façons d'en avoir qu'en les portant jusqu'au terme. Je le sais, tout ça. Les faits m'ont été exposés et je peux même le dire sans grimacer, et en acceptant la vérité. Mais je n'ai pas eu cette impression quand cela s'est produit, au début. Je pensais que quelqu'un m'avait arraché cette partie de moi qui faisait qui j'étais, celle qui me faisait apparaître comme une femme aux yeux de la société et de ceux qui comptaient. Je ne pouvais pas appeler le garçon que j'aimais et lui dire que je n'étais plus la même fille dont il était tombé amoureux. Que j'étais une fille qui pouvait s'enfuir parce qu'elle était effrayée. Je ne pouvais pas faire ça. Alors j'ai laissé le temps s'écouler et j'ai cru que peut-être, tu pouvais passer à autre chose et trouver ta fin heureuse. Pendant ce temps-là, j'essayais de guérir. Et ce n'était pas juste mon corps. C'était aussi mon cerveau. Et comme tu l'as dit, je suis forte, maintenant.

Je déglutis difficilement.

— Je suis forte, maintenant.

Je répétai ces mots comme un mantra. Je les avais dits encore et encore au fil des ans comme un exercice et cela m'avait aidé. Et pourtant, quand j'étais en face de Brandon à ce moment-là, une petite peur et une faiblesse s'insinuèrent de mon système. Je savais que si je ne les évacuais pas rapidement, je me briserais à nouveau. Et je refusais de le faire.

— Tu es si forte. Et j'ignore ce que ça signifie si tu es revenue en ville et que tu es entrée dans mon salon de tatouage, mais je dois penser que c'est arrivé pour une raison. Pas toi ?

Je voulais vraiment, vraiment que ce soit le cas. Mes mains tremblaient et mon estomac était douloureux. Mais mon travail m'avait ramené à Denver et mon besoin d'avoir un symbole de cette force supposée m'avait portée vers Brandon. Je n'étais pas sûre de pouvoir supporter ces deux choses-là.

— Lauren ?

Il y avait tellement de vulnérabilité dans sa voix que je savais que j'allais briser la confiance fragile que nous avions établie dans l'heure précédente, quand nous nous étions à nouveau retrouvés en présence l'un de l'autre. Néanmoins, j'avais besoin de respirer.

— Je suis tellement heureuse d'avoir pu te dire pourquoi j'étais partie. Je suis ravie d'avoir pu te voir et d'avoir découvert l'homme que tu es devenu. Mais être près de toi me rappelle ce que j'ai perdu. Ce que *nous* avons perdu. Je ne sais pas si je peux faire ça. Cela me ramène au moment où je ne pouvais plus respirer. Quand je ne pouvais plus me tenir debout, seule. Quand mon corps m'a trahi alors que je n'aurais pas dû être obligée de m'inquiéter. Je ne pense pas pouvoir rester, Brandon. Je ne crois pas pouvoir vivre ici. Merci de m'avoir donné l'occasion de te dire pourquoi j'étais partie. J'espère que ta vie est géniale. Juste… sans moi.

Et sur ses mots, il laissa tomber ses mains sur ses flancs et je tournai les talons pour franchir la porte, l'abandonnant derrière moi comme je l'avais déjà fait un jour. Mais cette fois-ci, d'une certaine façon, je croyais que cela me briserait. Je n'avais pas voulu le croiser aujourd'hui, je ne savais pas si je le reverrai un jour. Après tout, Denver était une grande ville.

Je me détestais de partir, mais j'étais persuadée que je me haïrais encore plus si je restais.

Je ne pouvais plus emprunter ce chemin à nouveau, je ne pouvais pas me perdre dans ces souvenirs qui s'écrasaient en moi un par un. Alors j'allais m'éloigner et laisser Brandon vivre sa vie comme il l'avait fait auparavant. Et un jour, peut-être que je trouverais ma propre route. Un jour.

Chapitre 4

BRANDON

JE POUVAIS TOUJOURS ENTENDRE les échos de ses mots, le bruit de ses chaussures contre le parquet alors que je me tenais dans le salon en essayant de comprendre ce qu'il venait de se passer et ce que j'allais faire.

J'avais reçu tellement d'informations. Je n'étais pas sûr de pouvoir tout digérer d'un seul coup. En fait, je n'avais pas besoin de digérer tout ça pour moi-même. Elle était partie parce qu'elle était terrorisée, comme elle l'avait déjà fait auparavant. Mais contrairement à la dernière fois, je n'avais pas à la regarder fuir. Si elle voulait vraiment que je sorte de sa vie, je la laisserais faire. Je ne jouerais pas au harceleur avec elle et ne l'obligerais pas à subir ma présence quand elle n'était pas désirée. Mais elle

119

avait besoin de savoir qui j'étais, maintenant. Parce que j'avais vu la force en elle et même si elle était partie, en disant qu'elle n'était pas assez solide, je ne pensais pas que c'était le cas. D'après son regard, je me disais qu'elle le savait aussi. Elle était terrifiée et je ne pouvais le lui reprocher. Néanmoins, je ne pouvais la laisser partir. Pas encore. Peut-être que si je la suppliais, elle resterait. Je n'étais pas trop fier pour ne pas le faire. Peu importait ce que les gens pensaient des grands hommes barbus et tatoués, je me mettrai à genoux et la supplierai, parce que je l'avais déjà laissé quitter ma vie une fois auparavant, et honnêtement, je ne pensais pas être assez fort pour le refaire.

Je courus rapidement hors de mon appartement, espérant que je pouvais la rattraper avant qu'elle quitte le pâté de maisons et que je la perde pour toujours. Je n'avais même pas son numéro de téléphone et je n'étais pas sur les réseaux sociaux plus qu'il ne le fallait pour exposer mon art, donc je ne pouvais le retrouver de cette façon non plus. En plus, si je faisais ça, j'aurais un peu trop l'air d'un harceleur à mon goût. Alors j'espérais qu'elle était toujours assez proche de l'immeuble pour que je la trouve.

Comme elle l'avait dit plus tôt, je me rendis

compte que même si nous avions changé tous les deux, une chose restait la même. Je l'aimais toujours. Il y avait une raison si je n'avais jamais eu de lien fort ou que je ne m'étais jamais engagé envers les hommes et les femmes que j'avais fréquentés depuis le départ de Lauren. Il y avait une raison si je repoussais tout le monde pour qu'ils ne s'approchent pas trop. C'était seulement parce que je l'attendais. Cela paraissait peut-être fou, comme si je repoussais tous mes espoirs et mes rêves dans une bribe de mon passé, mais ce n'était pas le cas. J'avais vu mes amis tomber l'un après l'autre amoureux de la femme ou de l'homme de leur vie, au fil de temps, et j'étais devenu certain d'une chose. Une fois qu'on trouvait la bonne personne, ou parfois *les* bonnes personnes dans le cas de Maya, on savait qu'elle était faite pour nous et on enroulait notre âme si fermement l'une avec l'autre qu'on ne savait plus où finissait le premier partenaire et où commençait le deuxième. On ne lâchait pas prise. On se battait. On se battait pour ce qu'on pouvait avoir et ce qu'on désirait. On se parlait et on découvrait ce dont on avait besoin, ce qu'on voulait. On ne pouvait pas fuir les moments difficiles. Et même si je savais que Lauren avait une excellente raison de craindre les souvenirs que je ramenais, elle n'avait pas une image claire de qui j'étais désormais. Elle ignorait comment nous pouvions être ensemble. Cela faisait six ans et pourtant, la voir me rappelait chaque moment de passion, d'amour et de besoin. Je l'aimais encore davantage, maintenant, et je priais pour être capable de la trouver parce que je ne voulais plus la perdre.

Je courus dans les escaliers, ne prenant pas la peine de monter dans l'ascenseur qui n'était pas si vieux, mais qui en donnait l'impression, et je claquai la porte extérieure. L'air frais de Denver mêlé aux odeurs du centre-ville remplit mes narines, et je regardai partout, à la recherche de vagues châtains. Et parce que, peut-être, le destin décidait d'être de mon côté, pour une fois dans ma vie, je n'eus pas besoin de fouiller bien loin.

Elle était assise sur un banc, devant mon immeuble. Des gens passaient à côté de nous, ignorant le mal de cœur et la tension qu'il y avait entre nous deux. Bien sûr, personne ne savait jamais vraiment ce qu'il se passait entre deux individus à moins de s'arrêter et de les scruter ou peut-être même de poser la question. Et, maintenant, je devenais trop philosophique alors que je devrais essayer de découvrir ce que j'allais lui dire. Elle avait fui mon appartement, dans mon immeuble, mais elle n'était pas allée très loin. Pouvais-je considérer cela comme un signe ? Un pas dans la bonne direction ? Ou peut-être qu'elle avait su où elle voulait aller en partant. Je tentai de ne pas considérer cette dernière option comme vraie, mais la connaissant, ou du moins sachant qui elle était, je n'étais pas persuadé de la réponse.

Elle ne m'avait pas encore remarqué, et pour ça, je lui en étais reconnaissante. Cela m'offrit quelques instants pour reprendre mes esprits et comprendre ce que je devais dire. Parce que j'allais déclarer quelque chose. Je n'étais pas sûr de pouvoir la regarder s'éloigner. De la voir quitter ma vie comme avant. J'allais saisir ma chance et espérer qu'elle me voudrait en retour, même avec tout ce qu'il se passait entre nous. Et si elle disait non, si elle disait que c'était trop, je m'en irais. C'est *moi* qui partirais cette fois-ci pour qu'elle n'ait pas besoin de le faire. Parce que je l'avais un jour aimé à ce point-là et c'était une preuve de ce que je ressentais pour elle maintenant. Mais j'espérais terriblement qu'elle n'aurait pas envie que l'un de nous s'en aille.

Je n'avais pas arrêté de penser à elle au fil des ans, même si j'aurais probablement dû passer à autre chose. Mais peut-être qu'il y avait une raison si je n'avais trouvé personne d'autre. J'aurais pu tomber amoureux de n'importe quel homme ou n'importe quelle femme que j'avais fréquentés quand Lauren était sortie de ma vie, et pourtant, je ne l'avais pas fait. Je ne m'étais même pas autorisé à me rapprocher suffisamment pour le faire. Tout comme elle l'avait dit, elle s'était totalement isolée pour guérir et comprendre qui elle était. J'avais fait la même chose. J'avais repoussé tout le monde pour que personne ne soit blessé à nouveau. Bien sûr, j'avais trouvé des amis, je m'étais rapproché de mes collègues du salon, cependant je n'avais jamais laissé personne s'insinuer dans mon âme, dans mon cœur. C'était la place de Lauren. Et j'espérais sérieusement qu'elle me laisserait le lui montrer.

— Tu devrais rentrer, dis-je après un moment.

Je ne savais pas quoi dire d'autre.

— Je jure que je ne te toucherai pas, je jure que je ne te ferai aucune promesse que tu n'as pas envie d'entendre, mais il fait un peu trop froid pour que tu sois assise sur un banc alors que ma place est juste à tes côtés.

Elle se retourna en entendant ma voix et écarquilla les yeux. Heureusement, aucune larme ne coulait sur ses joues. Je n'étais pas sûr de pouvoir le supporter si elle pleurait. Je n'avais jamais été doué face au chagrin de Lauren. Je pouvais m'occuper de la tristesse de quelqu'un d'autre et j'étais l'un des seuls à la boutique qui était doué pour les câlins et le réconfort, mais je ne le supportais pas quand l'amour de ma vie pleurait. Je venais probablement de commettre une erreur en la qualifiant d'amour de ma vie. Si elle me laissait faire, je trouverais un moyen pour que ça fonctionne. Si elle me le permettait, je découvrirais un moyen de *tout* faire marcher.

— J'ai encore fui.

Lauren grimaça, mais je ne me rapprochai pas. Cinq centimètres nous séparaient, un espace assez large pour que je ne puisse sentir sa chaleur, mais assez proche pour voir toutes les réactions sur son visage, chaque petite tension dans ses épaules et ses poings serrés.

— Je ne voulais pas m'enfuir. Je me suis promis de ne plus jamais le faire. Et pourtant, après une heure avec toi, tout ce que je trouve à faire, c'est d'adopter mes vieilles habitudes. Je ne sais pas ce que ça indique sur moi, si j'ai craqué aussi rapidement ?

Je fronçai les sourcils.

— Rien ne cloche chez toi. Je m'assurerai que tu t'enlèves cette idée de la tête, si nous continuons de parler.

Je fis semblant de me renfrogner en prononçant ces mots et ses lèvres se tordirent dans un petit sourire. Je considérai ça comme une victoire.

— Puisque tu as l'air si sévère, j'imagine que je devrais te croire.

Cette fois-ci, une unique larme coula le long de sa joue et je ne pus m'empêcher de tendre la main pour l'essuyer sur son visage.

— Ne pleure pas. Je ne le supporte pas. Je ne sais pas ce que ça dit sur moi, mais c'est une chose sur laquelle je peux travailler. Tu entres ? Discutons. Je promets qu'on peut juste parler.

— Est-ce que ça va nous aider ? Car ce que j'ai dit à la fin, ce que j'ai expliqué pendant toute la conversation… cela n'a pas changé en cinq minutes. Je me suis juste assise sur le banc à me demander ce que j'allais faire. Je déteste m'être enfuie une nouvelle fois. Ce n'est plus moi. Pourtant, j'ai repris mes mauvaises habitudes sans cligner des yeux.

Je m'installai à côté d'elle sur le banc, n'aimant pas être au-dessus d'elle. J'étais déjà bien plus grand qu'elle, mais j'essayais de ne pas faire de ma taille un problème. Elle était si minuscule comparée à moi, sa fragilité enveloppée dans une force. J'avais toujours cru ça, et en sachant comme elle avait ensuite passé ces six dernières années, je le croyais encore davantage.

— Que tu m'aies tout raconté sans t'effondrer, pas même une fois, indique que tu n'es plus du même type qu'avant, peu importe ce que ça signifie. Parce que, Lauren, je suis tombé amoureux d'une femme forte et tu l'es encore davantage, maintenant. Je comprends que m'avoir dans ta vie, même de façon passagère, pourrait faire revenir ces souvenirs, mais j'espère vraiment que tu vas accepter ma présence un peu plus longtemps pour entendre ce que j'ai à te dire.

Elle me lança un regard étrange avant de se lever.

— J'imagine qu'on devrait rentrer, parce que je ne suis pas d'humeur à laver mon linge sale devant toute la ville.

— Ça me semble être un bon plan

Je me levai également et saisis sa main. Lorsqu'elle ne recula pas, je comptai une nouvelle fois cela comme une victoire. Si les choses continuaient de cette façon, j'allais remporter beaucoup de victoires avant même de m'en rendre compte.

Bientôt, nous fûmes à nouveau dans mon salon et je ne pris même pas la peine de lui offrir un verre d'eau. Cela aurait dû être gênant, pourtant, l'avoir à côté de moi apaisait mes nerfs et la nervosité que je ressentais. Rien que cela m'indiquait que nous étions ici pour une raison et j'avais besoin d'être sûr qu'elle en était consciente.

— Je comprends que me voir peut te faire du mal.

Elle secoua la tête.

— Non, ce n'est pas ça. Te regarder me rappelle seulement qui j'étais et tout ce que j'ai traversé.

Je fronçai les sourcils.

— Je comprends. Vraiment. Mais n'est-ce pas la même chose quand tu te scrutes dans un miroir et que tu vois qui tu es maintenant ? Parce que chaque fois que nous nous observons, nous visualisons ceux que nous sommes devenus et ceux que nous étions, dans nos reflets. Et je sais que ça a l'air horriblement profond, mais te voir fait partir mon esprit dans un millier de directions différentes et tous les souvenirs m'assaillent encore et encore. Pourtant, j'ai besoin de ça. Tu es la meilleure chose qui me soit jamais arrivée. Même après toutes ces années, tu es toujours la meilleure chose qui me soit jamais arrivée. Peut-être que ça montre le manque que j'ai subi ces dernières années, mais peut-être que ça en indique plus sur ce que nous avions quand on était ensemble. Je sais que cela semble fou et je n'ai jamais cru au destin, au sort et tout ça, mais tu es entrée dans mon salon de tatouage pour une raison. De tous les endroits où tu aurais pu aller, tu es arrivée devant moi. Et je refuse de tenir ça pour acquis. Je dois croire que cela s'est produit pour une raison. Et à cause de ça, je n'ai plus envie que tu fuies. Je ne veux pas te perdre ni que tu disparaisses de ma vie quand tu viens juste d'y revenir. Et je ne parle pas d'éternité, de promesses ou de quoi que ce soit de plus, je te parle de nous en général. Au moment présent. Tu n'es revenue dans ma vie que depuis un peu plus d'une heure, pourtant je ne pense pas pouvoir gérer un nouveau départ. Je serai incapable de le supporter si c'était moi, qui devais m'en aller. Car c'est ce que je ferais, Lauren. Si tu avais besoin que je parte parce que c'est trop difficile, je ne t'obligerais pas à subir ma présence. Ce sera moi qui m'en irais cette fois-ci pour que tu ne sois pas forcée de le faire. Voilà à quel point je tiens à toi. C'était le cas avant et, franchement, l'amour n'a jamais disparu. Je ne sais pas ce que ça signifie. J'ignore ce qui va se passer dans les dix prochaines minutes et encore moins dans les dix prochaines semaines, mais je veux que tu tentes ta chance avec moi. Je n'ai pas envie que tu t'en ailles. S'il te plaît, ne pars pas.

Les larmes coulaient à présent librement sur mon visage, mais je ne les essuyai pas. Je lui tins la main et baissai la tête. Je posai ensuite mon front contre le sien et sus que j'avais bien trop radoté. Avec un peu de chance, elle serait capable de glaner au moins un fragment de ce que j'éprouvais grâce à ces mots.

— Je viens de déblatérer un bon moment.

Je tentai de rire et secouai lentement la tête.

— On peut diviser tout ce que je viens de dire, si tu veux, pour essayer de comprendre exactement le message que je voulais te faire passer. Mais pour résumer, je t'aimais à l'époque et ce sentiment n'a jamais disparu. J'ai juste réussi à le cacher parce que tu me manquais terriblement. Mais puisque tu es de retour en ville, j'aimerais apprendre à te connaître à nouveau. J'adorerai découvrir qui tu es et te laisser voir qui je suis. Qu'est-ce que tu en penses, Lauren ? Tu crois pouvoir y arriver ?

Je restai planté là, en silence, avant de finalement prendre la parole. Lorsqu'elle ouvrit la bouche, un rire résonna et je me remplis de chaleur. Elle ne se moquait pas de moi. Il y avait trop de cœur dans son regard. Pas de malice ni rien qui pourrait nous briser tous les deux.

— Tu sais vraiment comme exposer tout ça, hein, Brandon ?

Elle m'offrit alors un large sourire et la tension dans mes épaules s'apaisa.

— J'aimerais apprendre à te connaître. Je veux découvrir qui tu es. Et tu as raison, chaque fois que je regarde dans un miroir et que je me vois, je sais ce que j'ai traversé. T'observer ne me rappelle pas la douleur, cela me ramène à la raison pour laquelle j'ai fui. Mais le truc, c'est que j'avais besoin de partir. Je devais devenir qui je suis maintenant afin de comprendre comment vivre ma nouvelle exis- tence, jour par jour. Mon unique regret est de t'avoir fait du mal en même temps.

— Ne regrette jamais d'avoir fait ce qu'il te fallait pour guérir. Je pourrais te dire que je te pardonne de t'être enfuie, mais je devrais alors te demander de m'excuser pour t'avoir repoussé en même temps. Parce que nous étions tous les deux fautifs. On peut nous reprocher à tous les deux ce qu'il s'est passé à l'époque. Mais maintenant que tu es de retour, je veux apprendre à connaître qui tu es. J'ai envie de découvrir qui nous pourrions être ensemble, car tu m'as manqué, Lauren. Tu as manqué à ma vie. Je veux que tu rencontres mes amis et je veux que tu restes. Je ne souhaite pas m'enfuir ni que tu partes.

— Alors, qu'est-ce qu'on fait ensuite ? Parce que j'ai l'impression qu'on fait tout à l'envers. Je t'aime toujours, même si cet amour aurait dû disparaître depuis un moment. Il ne le pouvait pas. Il ne le peut pas. Mais je veux aussi y aller doucement, car je n'étais pas préparée pour toi, Brandon. Je n'étais pas prête il y a six ans et je ne le suis certainement pas, maintenant.

— Eh bien, cette partie-là est facile. Et si on se rendait dans l'un des trop nombreux cafés en ville, de cette marque qu'on trouve à chaque coin de rue, pour nous asseoir et discuter ? Parce que je veux savoir où tu étais ce que tu as fait, et pourquoi tu es de retour. Et j'adorerais savoir pourquoi tu es entrée chez *Montgomery Ink*.

Elle rougit et je ne pus m'empêcher de me souvenir qu'elle faisait exactement la même chose quand nous étions ensemble. Parce que ma Lauren devenait souvent toute rouge. Et j'avais fait de mon mieux pour lécher chaque millimètre de sa peau rosée.

— D'abord, arrête de penser au sexe, Brandon. C'est très difficile de réfléchir quand tu me lances ce regard avec tes yeux sombres.

Je levai les mains, surpris.

— Désolé.

— Oui, je suis sûre que tu l'es. Et je voulais un tatouage sur mon flanc avec quelques fleurs et des plantes grimpantes qui ne se brisent jamais. Parce que je ne me suis pas cassée, même si j'en avais envie.

— Je te ferai ton tatouage, déclarai-je rapidement. Je sais que tu es probablement venue pour Austin ou Maya puisque ce sont eux, les stars de la boutique, mais personne d'autre ne touchera ta peau à part moi.

Elle haussa un sourcil, mais n'eut pas l'air furieuse devant mon explosion.

— Tu as toujours été si possessif.

Je haussai les épaules.

— Bien sûr que je le suis, c'est ce que je fais.

J'avançai et pris son visage en coupe, appréciant la façon dont elle fondait contre moi.

— Je veux que tu me tatoues, Brandon. Je ne sais pas si j'aurais pu y arriver si je ne t'avais pas vu dans la boutique. Tu as toujours été mon artiste, tu sais. Tu le seras toujours, peu importe le nombre d'années qui se sont écoulées.

À mon avis, rien n'aurait pu me pousser à l'aimer davantage qu'à ce moment. Alors je fis la chose dont j'avais eu envie depuis que je l'avais vue entrer dans *Montgomery Ink*.

Et lorsqu'elle s'appuya contre moi, je sus que peu importait si nous allions lentement, peu importait le nombre de pas qu'il faudrait pour découvrir qui nous étions maintenant, j'avais trouvé ma personne, ma femme.

Enfin.

Épilogue

BRANDON

UN PEU PLUS TARD...

J'avais su au moment où j'avais rencontré Lauren toutes ces années plus tôt qu'elle serait importante pour moi. Je ne m'étais simplement pas rendu compte à quel point elle le serait. Je n'avais pas réalisé qu'il faudrait qu'on soit séparé plus longtemps que nous avions été ensemble pour comprendre la profondeur de mes sentiments pour elle et l'ampleur de ce que nous pouvions être.

Il nous avait fallu six mois pour en arriver là où nous en étions aujourd'hui et je ne changerai aucune heure, aucune seconde de ces journées. Nous allions lentement, comme elle l'avait demandé, ne nous touchant pas à part pour nous embrasser et en apprendre plus sur la vie de l'autre.

Jusqu'à atteindre les trois mois de notre relation. Faire l'amour à Lauren serait toujours l'expérience que je chérissais le plus dans ma vie.

Faire l'amour à ma *femme*... Eh bien, c'était quelque chose que je n'oublierai pas jusqu'à la fin de ma vie et peut-être même après.

Parce que, curieusement, cette femme avec toute sa force et son chagrin avait été d'accord pour m'épouser. Ce matin-là, nous avions échangé nos vœux et nous étions promis de nous lier l'un à l'autre avec sa nouvelle amie Callie à ses côtés et Derek près de moi. Maintenant, nous étions mari et femme.

Je n'aurais jamais pensé qu'après une longue journée à travailler au salon où j'avais cru qu'une œuvre d'art serait la seule raison pour me mettre de bonne humeur me mènerait à ça. Tout ce que nous avions traversé nous avait guidés jusqu'ici. Et j'étais toujours étonné par la profondeur des sentiments que j'avais pour cette femme.

Ma Lauren.

Mon épouse.

Elle se tenait devant moi, ses longs cheveux flottant autour de ses épaules alors qu'elle tirait sur sa robe de mariée. Les invités étaient partis depuis longtemps, il ne restait que nous dans une chambre d'hôtel chic, nous apprêtant à faire l'amour pour la première fois en tant que mari et femme. Je n'allais pas flipper, pas vraiment, mais je n'en étais pas loin.

— Pourquoi ai-je choisi une robe avec autant de boutons ?

Lauren gigota pour l'enlever, essayant de les atteindre, mais cela ne faisait qu'agiter sa poitrine au point qu'elle débordait du bustier.

J'étais presque sûr que ma verge porterait la marque de la braguette, bientôt, si je ne l'aidais pas à se débarrasser de cette fichue robe.

— C'est pour ça que les maris sont là, dis-je d'une voix basse et un peu rauque.

— Ah oui ? Ils ne sont là que pour ça ?

Je grognai et avançai vers elle en trois pas, mes mains glissant sur sa robe. Gardant mes yeux sur elle, je détachai les perles servant de bouton dans le dos, une par une.

— Tu es assez doué pour ça, souffla-t-elle. Tu t'es beaucoup entraîné, hein ?

Mes doigts tâtonnèrent sur le bouton et nous laissâmes tous les deux échapper un rire nerveux.

— Je m'en sortais bien sans m'entraîner jusqu'à ce que tu le mentionnes.

Incapable de me retenir davantage, je l'embrassai, passionnément, et finis de défaire sa robe.

Le tissu soyeux tomba autour d'elle, et je l'aidai à en sortir. Elle portait un genre de corset et je me mis à genoux devant elle.

— Mon Dieu, je crois que je pourrais jouir juste comme ça, en te regardant.

— Tu as toujours été romantique, me taquina-t-elle avant de se pencher pour m'embrasser.

Elle avait déjà enlevé ses belles chaussures, qui selon elle lui serraient les pieds. Elle n'était pas beaucoup plus grande que moi quand je m'agenouillais.

Je posai les mains sur ses fesses, l'attirant plus près pour approfondir le baiser. Puis, curieusement, nous nous retrouvâmes sur le grand lit king-size avec des pétales de rose éparpillée sous nos pieds. Je l'embrassai dans le cou, par-dessus le gonflement généreux de ses seins, et sur son estomac recouvert par le corset. J'embrassais constamment ses cicatrices, essayant de montrer à chaque fois par mes actes *et* mes paroles combien je la chérissais, je l'aimais. Elle n'avait plus besoin de me fuir comme la première fois.

Mais tout ça était derrière nous, comme l'étaient toutes nos histoires. Chaque instant de notre vie ensemble et séparée avait renforcé ce que nous étions. Je m'en souviendrai toujours, même si certains souvenirs étaient encore douloureux. Je repoussai ces idées pour l'instant et continuai de l'embrasser.

— J'ai besoin de toi. J'ai besoin de toi en moi. On peut y aller doucement la première fois, mais je ne veux pas attendre.

Je déglutis difficilement en entendant les mots de Lauren et acquiesçai avant de m'activer pour me débarrasser de mes vêtements. Ensemble, nous enlevâmes le corset et les bas, voulant tous les deux être nus pour notre première fois en tant que mari et femme. Nous jouerions avec ces choses plus tard, j'en étais persuadé, mais pour le moment, je voulais être contre sa peau et je savais que Lauren en avait *besoin*.

Je suçotai et léchai sa poitrine, ma main se posant entre ses jambes alors que je l'amenais de plus en plus près de l'orgasme. Elle était déjà mouillée et prête. Mon sexe était assez dur maintenant pour que je sache que j'allais rapidement jouir, donc je n'attendis pas.

Nous avions été tous les deux testés et avions abandonné les préservatifs depuis le début de notre nouvelle relation, donc il ne me fallut pas longtemps avant de me positionner à son entrée.

— Je t'aime, chuchota-t-il.

J'abaissai ma bouche vers la sienne, mais ne l'embrassai pas encore entièrement.

—Je t'aime aussi.

Elle se cambra contre moi quand j'entrai en elle, ses muscles internes se resserrant autour de moi à chaque coup de reins sensuels.

Nous avions fait l'amour, nous étions envoyés en l'air, avions pris notre pied contre des murs et des portes par le passé, et je savais que nous recommencerions souvent, bientôt, mais pour notre première fois en tant qu'époux, nous irions lentement.

Nous serions simplement nous-mêmes.

Quelque chose que nous n'avions pas pu faire avant qu'elle entre chez *Montgomery Ink* et revienne dans ma vie.

Elle cambra les hanches, venant à la rencontre des miennes, et lorsque nous nous embrassâmes à nouveau, nous jouîmes tous les deux, nos corps bien trop en manque pour que cette première fois dure plus que quelques instants. Je m'en moquais, je savais que cela durerait plus longtemps à l'avenir, pour notre première fois en tant que *couple* officiel plutôt que comme ceux que nous avions été. Ça ne me dérangeait pas.

Alors qu'elle passait ses mains dans mon dos, je fis la même chose avec elle, mes doigts traçant les marguerites, les roses et les plantes grimpantes que j'avais tatouées sur elle. Cela avait nécessité deux séances et j'avais détesté la voir souffrir ainsi, mais finalement, son œuvre était la plus importante que j'avais jamais faite de ma vie. J'étais profondément encrée dans sa peau comme elle l'était dans mon âme.

Elle m'avait offert quelque chose de spécial, et pas seulement son cœur.

— Je suis tellement ravie d'être revenue.

Elle jouait avec les mèches de mes cheveux que je gardais longs pour elle.

— C'est comme si je n'étais jamais partie, et pourtant, toutes ces années ont fait de nous ce que nous sommes.

J'acquiesçai, trop bouleversé pour parler jusqu'à ce que je m'éclaircisse la gorge.

— C'est fou de penser à tout ce qu'il s'est passé, mais je suis tellement ravie que tu sois à moi.

Elle sourit alors, son visage affichant son bonheur pur sans aucune trace des ombres que j'avais perçues six mois avant.

— Et tu es à moi, Brandon. Pour toujours.

Elle agita sa main, la lumière se réfléchissant sur les diamants et les rubis que j'avais mis là.

— Ça me convient.

Et ce serait le cas jusqu'à la fin des temps. Parce que si je pensais que j'étais heureux avant, je savais désormais que ma vie était en pause jusqu'à ce qu'elle revienne, avant d'essayer de fuir à nouveau.

Et avec un autre baiser sur les lèvres magnifiques de ma femme, je me mis en tête de lui montrer exactement dans quoi elle s'était engagée, lors de ce jour fatidique à *Montgomery Ink.*

Le destin et l'encre nous avaient offert une seconde chance et peu importait ce qui nous attendait, je ne prendrais jamais cela pour acquis. Jamais.

sur www.CarrieAnnRyan.com ; suivez-moi sur Twitter @CarrieAnnRyan, ou sur ma page Facebook. J'ai également un Fan Club Facebook où nous discutons de sujets divers, avec annonces et autres goodies. C'est grâce à vous que je fais ce que je fais, et je vous en remercie.

N'oubliez pas de vous inscrire à ma LISTE DE DIFFUSION pour savoir quand les prochaines publications seront disponibles, participer à des concours et obtenir des *lectures gratuites*.

Bonne lecture !

Montgomery Ink

Tome 0.5: À l'encre de ton cœur

Tome 0.6: À l'encre du destin

Tome 1 : À l'encre déliée

Tome 1.5: À l'encre de ton âme

Tome 2 : À dessein prémédité

Tome 3 : D'encre et de chair

Tome 4 : Attrait pour trait

Tome 4.5: À l'encre des secrets

Tome 5: Entre les lignes

Tome 6: En pointillé

Tome 6.5: À l'encre de nos rêves

Tome 7: Nos desseins ravivés

Tome 7.3: À l'encre de nos vies

Tome 7.5: À l'encre de nos choix

Tome 8: Motifs troubles

Tome 8.5: À l'encre de ton corps

Tome 8.7: À l'encre de l'espoir

Et d'autres encore !

De la même autrice

Montgomery Ink:

    Tome 0.5: À l'encre de ton cœur

    Tome 0.6: À l'encre du destin

    Tome 1 : À l'encre déliée

    Tome 1.5: À l'encre de ton âme

    Tome 2 : À dessein prémédité

    Tome 3 : D'encre et de chair

    Tome 4 : Attrait pour trait

    Tome 4.5: À l'encre des secrets

    Tome 5: Entre les lignes

    Tome 6: En pointillé

    Tome 6.5: À l'encre de nos rêves

    Tome 7: Nos desseins ravivés

    Tome 7.3: À l'encre de nos vies

    Tome 7.5: À l'encre de nos choix

Tome 8: Motifs troubles

Tome 8.5: À l'encre de ton corps

Tome 8.7: À l'encre de l'espoir

Les Frères Gallagher:

Tome 1: Un amour nouveau

Tome 2: Une passion nouvelle

Tome 3: Un nouvel espoir

Redwood:

1. Jasper

2. Reed

3. Adam

4. Maddox

5. North

6. Logan

7. Quinn

Griffes

1. Gideon

Pour plus d'informations, abonnez-vous à la LISTE DE DIFFUSION de Carrie Ann Ryan.

À propos de l'auteur

Carrie Ann Ryan n'avait jamais pensé devenir écrivaine. C'est seulement quand elle est tombée sur un roman sentimental alors qu'elle était adolescente qu'elle s'est intéressée à cette activité. Lorsqu'un autre romancier lui a suggéré d'utiliser la petite voix dans sa tête à bon escient, la saga *Redwood* ainsi que ses autres histoires ont vu le jour. Carrie Ann a publié plus d'une vingtaine de romans et son esprit foisonne d'idées, alors elle n'a guère l'intention de renoncer à son rêve de sitôt.